三角のオーロラ

小竹正人

EXILE
TAKAHIRO
CD付き

講談社

装画　丹地陽子
装丁　斉藤充弘（SAIL DESIGN）

［主題歌］

三角のオーロラ
～青い春～

EXILE
TAKAHIRO

プロローグ

すげえ……。


言葉がひとつも出てこない。ポカンと開いた口からただただ白い息をモワーッと吐き出して空を見上げる。広くて近い空。地球は丸いんだと再認識してしまう、そんな夜空。氷点下のはずなのに寒さなんて微塵たりとも感じない。寒さは感じないけれど、感動しすぎちゃって、何層にも重ねた防寒着の下、ぶわーっと鳥肌が立っているのがわかる。

太陽の眩しさとも星の淋しさとも違う、もっと神聖で荘厳でおおらかな光。

シャラシャラって音が聞こえてきそうだ。

どんな絵の具を使っても出せないような光彩。

夜を支配する怪物みたいにゆらゆら揺らめいている。

マジで、「すげえ」以外何にも思い浮かばないよ。


あの日あの人は、「上手く説明できないけどさ、オーロラっていっつも違う色で形で、なんかさ、人間の感情そのものみたいなんだよ」って言ってた。本当にその通りだ。あれから色んな経験して、ようやくプロのダンサーとして食っていけるようになって、あの頃よりずっと成長したのに、それでもこの凄さを言葉で表すことなんてオレには到底無理だ。

綺麗だ。本当に綺麗だ。

オーロラを夢見てから、ここに来るまでに十年かかった。クソガキだった十年前の自分に「オーロラってやっぱすげえぞ！」って教えてやりたいよ。大人になったこの十年間で、知らず知らずに蓄えてしまった汚れとか狡さとか心の垢とかつまんないプライド、そういうものが少しずつ剝がれ落ちて浄化されてるような気持ちになる。こんな純粋に感動することってここ何年もなかったよな。マジですげえよ。オレ、子供の頃からの夢をまた一つ叶えちゃったよ。

「リク、リク」ってオレの名前を呼んでいた光《ひかる》さんと幸《さち》さんの顔がオーロラに浮かび上がる。元気で幸せに暮らしているんだろうか。どんな夫婦になったんだろう。

高校を卒業して、ロスアンジェルスに飛び立った十年前の四月、空港までオレの見送りに来てくれた光さんと幸さん。あれからこの十年で日本に帰ったのはたったの数回。しかも全部仕事での帰国だったから、結局あれ以来一度も二人に会っていない。最初の頃は頻繁に送り合っていたメールもここ数年は途切れがちになっている。二人の間に生まれた子供の顔も一度も見ていない。もう小学校に上がってるんだよな。きっと可愛い子供なんだろうな。

ああ、ちくしょう。会いたいな。無性に会いたい。オーロラを見て最初に思い浮かんだのがあの二人だなんて……。そう思ったら、なんか泣けてきた。二十八歳にもなって、空を見上げて泣きじゃくってるよ、オレ。

光さーん、幸さーん。オレ、とうとうオーロラを見ちゃいましたよ！　アイスランドではなくて、仕事先から足を延ばして来たアラスカ州のフェアバンクスだけど、夢にまで見たオーロラは天下無双に最強です！　大人になったオレを号泣させてくれちゃってます！

今度日本に帰ったら何が何でも絶対に光さんと幸さんに会いに行こう。不思議なくらいいつまでも忘れられないあの二人に。

光

ロスアンジェルスへの出張の帰りの飛行機の中。最近やたらと豪華になっている機内食を食べ終わり、映画を一本観て、パーソナルライトを消して、「寝なければ」と目を閉じたはいいが、睡魔がやってこない。早起きだったから眠いはずなのに、頭がどんどん冴えていく。

何故だろう、昔から俺は乗り物の中で寝ることができない。特に飛行機の中では絶対に無理だ。大体、鉄の塊《かたまり》が空を飛んでいるのにその中でスースー眠れる人たちの神経をちょっと疑ってしまう。「もしこの飛行機が落ちたら……」と縁起でもないことを毎回考える。今回もそうだ。すぐに眠ることをあきらめて、ＣＡに「すいません、赤ワインをくださ い」と頼んだ。どうせならこのＧのかかった空間でベロベロに酔ってしまえ！　自暴自棄にも似た気分でそう思い、赤ワインを頼み、何杯もおかわりした。

飛行機の中でアルコールを摂取すると、すぐに酔いがまわる。いっそのことフルボトルでワインを頼めないかとコールボタンを押そうとしたそのとき、機体が一瞬ぐらっと傾いて、ひやっとしたのも束の間、隣の席の乗客の頭に思いきりゴツンと自分の頭をぶつけてしまった。

「あっ、ごめんらさい」

やべえ、ごめんらさいだって。呂律がまわっていない。思ったより酔っている。失礼な酔っ払いだと思われるんじゃないかと恐る恐る顔を上げると、隣の乗客は若い青年だった。

「大丈夫です」

まだ完全に声変わりをしていないような声で言われた。搭乗してすぐに彼を一瞬見たとき、随分若いなあと思ったが、改めてしみじみ見ると、少年とも呼べるほどあどけない顔をしている。

ちなみに、今日俺が座っているのはビジネスクラスである。かなり悪質な腰痛持ちの俺は、ある程度の給料を貰うようになってからは、三十三歳にしては贅沢だと思いながらも、飛行機はビジネスクラスを取る。ファーストクラスはいまだかつて乗ったことがない。

それにしてもこの青年、なんとなく高貴で無口そうな雰囲気がある。この若さでビジネスクラスのシートに座ってるってことは（しかもすごく落ち着いた様子で）、どこかの御曹司なのか、それとも芸能人か。そう言えばかなり整った顔をしている。まさしく紅顔の美少年だ。普段なら絶対に機内で隣り合わせた人に声をかけたりしないが、彼がかなり年下に見えること、そして酔いがまわっていることもあって、思わず、

「キミ、かなり若いよね？」

好奇心も手伝って、そう話しかけてしまった。あえて敬語は使わなかった。

「十八歳になったばっかりです」

しゃきしゃきした口調で、けれど恥ずかしそうにそう言われた。

「十八歳でビジネスクラスってすごいな！」

なるべく嫌みな言い方にならないように気をつけて言うと、青年はニターッと笑った。

「僕、すごくラッキーだったんですよ。昨夜あんまり眠れなかったからついつい今朝寝坊しちゃって、大慌てで支度して、飛行機が飛び立つ四十分前にチェックインカウンターに着いたんです。そしたら、すでにエコノミークラスが満席になってて、まさかのビジネスクラスにアップグレードしてもらえちゃったんです」

ん？　こいつ、話してみると、全然無口な感じもの静かな感じもないぞ。そう思いながら小さな声で、「そんなことあるんだな」と、俺が呟くと、すかさず、

「はい！　めちゃくちゃラッキーでした。今回が初めての海外旅行で、飛行機に乗るのも初めてなのに。行きはもちろんエコノミーだったんですけど、帰りにアップグレードしてもらえるなんて。そもそも僕、飛行機がエコノミークラスとビジネスクラスに分かれてるなんて初めて知りました！　あと、アップグレードって言葉も今日おぼえました！」

あどけない顔で、嬉しそうに報告してくれる青年に、

「ビジネスクラスの上にはファーストクラスっていう夢みたいなクラスもあるんだよ」

と教えてあげると、

「マジっすか？　すごいなあ。夢のまた夢だなあ」

うっとりと、目をキラキラ輝かせた。その目を見たときに、俺は「ああ、コイツ、なんて純真なんだ」と、不覚にも感動してしまった。

よくよく聞いてみると、初めてのビジネスクラスに緊張してしまい、固まっていただけだったらしい青年に、

「キミ、えーと、名前は何て言うの？」

と、安いナンパ師みたいに聞くと、

「リクです。北野《きたの》リクです。北野武《たけし》の北野に、リクはカタカナでリクです」

すらすらと教えてくれた。

「リクっていまどきの名前だなあ。あっ、リクくんは酒は飲まないんだよね？」

ちょうど通りかかったＣＡに赤ワインのおかわりを頼みながらリクにそう聞くと、

「はい。さっきも言った通り、僕まだ十八ですから」

一瞬、キッと俺を睨んで、「さっきも言った通り」だけをチョイ強めの語気で答えた。

あっ、ちょっと生意気なところもあるんだ。そりゃそうだ、十八歳って、自分を大人だと思っている子供だもんな。だが、俺は正真正銘三十三歳の大人だ。

「そうだよな、失礼、失礼」

実直にリクに謝りながら、ＣＡが持ってきてくれた赤ワインをクーッと飲んだ。さして気にもしていない様子で、リクは炭酸がすっかり抜けてしまっているような色のコーラを飲んでいた。

それからしばらくの間は会話が途切れた。映画のチャンネルをチェックしてもさほど観たい映画はない。新聞を広げたり、飽きもせずにワインを頼んで飲んだりしたが、退屈で仕方ない。相変わらず睡魔は全くやってこない。手持ち無沙汰にしていると、リクもそうだったらしい。ボーッと窓の外を見ている。なんとなく目が合うと、唐突にリクが、

「そちら様はお名前はなんておっしゃるんですか？」

と妙な敬語で聞いてきた。精一杯の虚勢を張ったのだろうか？　俺は笑い出しそうになるのを懸命に堪えながら、

「俺？　俺は関下《せきした》光って言います」

あえて敬語で答えた。すると、さっきまで変な敬語を使っていたのから一変、

「光って名前もめちゃくちゃいまどきでカッコイイじゃないですか！」

破顔一笑で、まるで「いまどき」という言葉を自分も使ったことが誇らしいかのようにそこだけ楽しそうにそう言った。俺は自分の名前にずっとコンプレックスがあった。「光」と書いてひかる。男だか女だかわかんない名前。けれど、リクに名前を誉められて自分の

名前が急に洗練されたように感じる。だから素直にリクに「ありがとう」と言った。

退屈な機内で、目新しい話し相手に出逢った俺たちは、お互いの名前を教え合ったことが合図だったみたいに、それからどんどん会話を進めた。

「で、リクくんはなんでロスに行ってたの？」

「あっ、リクでいいですよ。リクくんってなんか恥ずかしいです。光さん、クランプっていうダンスのジャンル知ってますか？」

その質問をきっかけに、リクは身体をグイッと俺の方に向けて、ロスに行ったいきさつ、そして自分のことを延々と語り始めた。

現在高校三年生のリクは、母親と二人暮らし。その母親の兄、つまりリクの伯父さんはリクが生まれる前からカリフォルニア州のガーデナという街に住み、庭師として働いている。そう言えば、手先の器用な日本人の庭師《ガーデナー》が海外で大人気で、特に北米では引く手あまただという話を聞いたことがある。その伯父さんを頼って、ロスに行ったのだが、リクの初渡米の一番の目的は「ダンスの大会を観に行くこと」だった。

幼い頃からダンスをやっているリクは、三度の飯よりダンスが好きで、特にロス発祥のクランプというジャンルのダンスに夢中になっているらしい。そのクランプの世界大会がロスで開催され、どうしても観に行きたかったリクは、パチンコの台拭き掃除や飲食店のアルバイトを必死にやって、エアーチケット代を稼ぎ、晴れてロスの地を踏むことができた。「クランプ」という言葉を全く知らなかった俺が、

「じゃあ、そのダンスコンテストみたいなの観て、大興奮したんだろ？」

と聞くと、

「それが、違うんです」

急に暗雲立ち込めた顔になるリク。

「出場者全員のダンスがあまりにも凄すぎて圧倒されちゃって、ただ落ち込んだって言うか、なんか打ちひしがれた思いになりました。僕、東京の高校生のダンスの大会とかイベントとかで、かなりいい成績もらったり誉められたりしてたから、ダンスにはちょっと自信を持ってたんですけど、鼻をへし折られた気持ちになりました。調子に乗ってただけなんだなあって、マジでそう思いました」

落ち込んでいるのに、どこか清々しい顔をしてリクが俺を見る。

「世界は広いってことか……」

「そうなんです！　その通りなんです!!」

クリクリの目を更に見開いて、機内にもかかわらず興奮気味に素っ頓狂な声をあげる。

けれど、すぐに大切なオモチャを取りあげられた子供のような物悲しい表情になるリク。

普段、リククらいの世代の人間とほとんど接点がない俺は、そのリクの表情を見て、懐かしいような甘酸っぱいような気分になった。リクの顔から笑顔が完全に消えてしまっていたので、

「でさ、そのクランプだっけ？　それってどんなダンスなの？」

なんとか青年の生気を取り戻そうとして聞くと、

「クランプを簡単に説明するなんて難しすぎます。何時間あったって語り尽くせないです。まずは『ＲＩＺＥ』ってタイトルの映画を観てほしいです。つーか、観てください!!」

急に怒ったような顔になったリクから聞いたことのない映画のタイトルを言われた。リクの表情は本当にクルクルと変わる。励まそうとした俺の方が励まされているみたいだ。そして、実はその時点でクランプというものに全く興味が持てなかった俺は、軽く「うん」とうなずき、その会話を流そうと試みたのだが、さすが子供はしつこい。さっき、「何時間あったって語り尽くせない」と言っていたのに、そのあとも熱心にダンスやクランプの話をするリク。衣食住より自分が夢中になっていることの方がずっと重要な世代。俺は、閉口しながらも「うん、うん」と相槌を打ち、どんどんワインを飲み続けた。何杯も赤ワインを頼む俺に、ＣＡの営業スマイルが崩れつつある。更に厄介なことに、東京まであと一時間くらいだというのに猛烈な睡魔が襲ってきやがった。熱くクランプを語るリクの声が異国語の子守唄みたいに聞こえてる。歌い終わることのないリクの子守唄。そう

だ。それが若さって奴だった。若いって面倒くさいくらいひたすらに熱心なことだった。

そんなことを思い出しながら、俺は必死に何度も何度も欠伸《あくび》を噛み殺した。ああ、眠い。

機内アナウンスが、飛行機が着陸態勢に入ったことを告げる。くっつきそうになる瞼を開けよう開けようとしながらそれを聞く。

「それじゃあ、番号交換しましょう！　メールアドレスも教えてください！」

リクの言葉でふと我に返り、言われるがままに電話番号とメールアドレスを教えた。ボールペンを取り出し、機内誌の白い部分にそれを書きとめるリク。眠りに落ちながらも、どうやら俺は東京でリクと再会することを約束していたらしい。リクは、俺の東京のマンションから電車でたった五駅のところに住んでいると言い、「楽しみです！」と、宝物を見つけたみたいにはしゃいでいる。そして、

「あっ、光さん、これって持って帰っていいんですかね？」

シートの背もたれのポケットに入っていたスリッパやアイマスクをリクに見せられ、「うん」と言おうとするが、襲いかかる睡魔に瞼も口も塞がれ、答えられなくなっている。

「光さん、光さん！　寝ちゃダメですよ。もう成田に着きますよ！」

その声と同時に、ドンッと、飛行機が滑走路に着陸する音が聞こえ、不愉快な振動を感じた。

リク

落ち込んだ。とにかく落ち込んだ。

ダンスにはちょっとだけ、いや、実のところかなり自信があったんだ。

二カ月くらい前に都内のクラブのデイタイムイベントで催されたダンスコンテストでは、気持ちいいくらい楽しく激しく踊れたし、踊ったあとに「リクさん、ヤバイっす」って言って、僕よりずっと興奮しながら駆け寄って来た後輩が何人もいた。そのときには、「よし！　もうすぐ初めてのロスアンジェルスだ！　クランプ発祥の地に行くんだ！」ってハチキレた気持ちも手伝って、何と言うか、ちょっと無敵な僕、目指すは世界だ！　みたいな気持ちだった。クランプの聖地・ロスアンジェルスでもっともっとダンスが上達するような経験をしてくる気が身体中に満タン溢れていた。

けれど、いざロスに行ったら、自分がまだまだポンコツだってことを嫌と言うほど思い知らされた。ダンスの大会に出場していたダンサーは、子供から大人まで皆、信じられないくらいの迫力と目を疑うようなしなやかさで僕を圧倒した。僕のクランプなんて世界レベルで見るとお遊戯みたいなもんだった。あんなに楽しみにしていた初めての渡米は、僕に挫折感という名の大打撃を与えてくれただけだった。

二泊四日の弾丸渡米だったから、ゆっくり街を観光する時間もストリートダンサーに遭遇する機会もなく、落ち込んだ気持ちを引きずったまま、あっという間に成田行きの飛行機に乗っていた。ＬＡＸ（ロスアンジェルス国際空港）まで送ってくれた一郎《いちろう》伯父さんにちゃんとしたお礼も言えず、作り笑顔すら見せることができなかった。十八になったというのに、僕はまだまだただの身の程知らずのクソガキだ。ロスアンジェルスって街は僕のことをまったく好いてくれなかった、そんな風に感じた。


エコノミークラスからビジネスクラスにアップグレードしてもらえた喜びも束の間、浮遊霊みたいな足取りで機内に乗り込み、豪華な食事を食べる気にも音楽を聴く気にも映画を観る気にもなれず、ただボーッとしていた。離陸した飛行機がどんどん上空へと向かっているのに、僕の気分はどんどん下へ下へと下降して行った。

小学四年生のときに初めて『ＲＩＺＥ』を観て衝撃を受け、「これだ！　これしかない！」と思って始めたダンス。それ以来ずっと、恋とかファッションではなくダンスだけに夢中になった。すぐに僕にはダンス以外何もないって思うようになっていた。けれど、ダンスに出逢ってからその気持ちを初めてシューシューと萎《な》えさせたのが、まさかの本場で観た本物のクランプだった。

たまたま隣り合わせた光さんが話しかけてくれて、クランプに関して質問してくれなかったら、落ち込んだままだったと思う。けれど、空の上で光さんにクランプの魅力を話しているうちに、萎えていた気持ちがムクムクと膨らんでいくのがわかった。高校の先生が口癖みたいに言っている「苦労は買ってでもしろ！」ってこのことだ。必死でバイトして、格安チケットではあったけれど飛行機のチケット代を稼ぎ、初めての海外で僕は自分を奮い立たせてくれる苦労みたいなものを買ってきたんだ。

ＬＡＸを飛び立ったときの土砂降りの気分は、成田に向かうにつれどんどん晴れ、飛行機が着陸する頃には、やっぱり僕が夢中になれるのはダンス以外にない、絶対にもっともっとクランプを極めてやる！　それが僕の夢だ！　そんな闘志を再確認していた。


生まれたときから僕は母親の桃子《もも こ》さんと二人で暮らしている。

「ママ」とか「お母さん」とか呼ぶのがいつの間にか照れくさくなって、中学生の頃から母親を名前で呼ぶようになった。父親は、僕が桃子さんのお腹の中にいるときに亡くなってしまった。

初めての海外旅行から戻って、２ＤＫのアパートの玄関に入ると、部屋の中は真っ暗だった。桃子さんはアパートの近所で小さなスナックをやっている。今は仕事をしている時間だ。ただし、最近、桃子さんには新しい彼氏ができたっぽい。時々、夕方くらいから、店に出るときとは明らかに違うシックないで立ちでいそいそ出かけて行くことがある。そういうときの桃子さんは「そこらへんの綺麗な女の人」みたいに見える。もしかしたら今夜は新しい彼氏とデートをしているのかもしれない。

物心ついたときから桃子さんにはいつも「彼氏」がいた。けれどそのことで僕は嫌な思いをしたことが一度もない。どの彼氏もみんな普通に僕に優しかったし、「リク」と僕を呼んで、兄貴や父親みたいに可愛がってくれた。桃子さんが選ぶ男の人がいつもそんな感じだったから、僕の実の父親もきっといい人だったんだろうなぁと思う。

そんなこんなで僕は、幼い頃から大人の男の人（ときには二十代前半のボーイフレンドだったこともあったが）に慣れていたし、そういう人たちと一緒に過ごすのがかなり好きだった。たまに僕が、同世代の奴らに「大人っぽい」とか「生意気」とか言われる一番の要因がそれなのかもしれない。一方で、年上の男の人と接するときは、何だかいつもより子供っぽく振る舞ってしまう変な癖もある。仲良くなった大人の人はたいてい僕のことを「子供っぽい」と言う。本当の自分が子供っぽいのか大人っぽいのか、それとも年相応なのか、自分ではわからない。

暗い部屋に明かりを灯し、四日ぶりに桃子さんの手作りの麦茶を飲み、ああ帰ってきたんだなぁと実感する。思えばロスにいるときにはコーラばっかり飲んでいた。たかだか四日間留守にしていただけなのに、この狭いアパートを妙に懐かしく感じた。

一息つくと、またまたロスのダンスの大会のことを回想してしまう。世界ってホントに凄い。想像より遥かに凄い。数時間前はすっかり負け犬気分だったのに、東京に帰ってきたら、今までとは違う活力がみなぎっている。明日からは今までの倍以上練習しよう。アルバイトも再開して、一時間千六百円のダンススタジオのレッスンもできるだけ多く受けよう。十八歳、まだまだ伸びしろは計り知れない。そう思いながらも、飛行機の中で一睡もできなかった僕は、シャワーも浴びず着替えもしないうちに眠りに落ちていた。

これがいわゆる時差ボケってやつだ。夜中の三時前に目が覚めてしまった。台所からジュージューと何かを焼く音がする。桃子さんが僕の朝食を作っているのだろう。桃子さんは、月曜から土曜日まで毎日、店が終わって帰宅してから僕の朝食の準備をし、それからシャワーを浴びて布団に入る。

自分の部屋のドアを開けて台所へ出るとすかさず桃子さんが、「あら、お帰り、って言うかおはよう」と言った。たまにベロベロになって帰ってくるが、今夜の桃子さんはほとんど酔っていない。「ただいま」と言うと、すぐに「お土産は？」と聞かれた。しまった！桃子さんにお土産を買ってくるのを忘れていた。素早く自分の部屋に戻り、ロスに持っていった大きなリュックを開け、そこから小さな箱を取り出し、桃子さんのところに持っていった。

「これ、一郎伯父さんから桃子さんにお土産。僕は……いろいろあって、お土産買ってくるの忘れちゃった」

「やだ、リク。お小遣い三万円もあげたのに。もう私、シャワー浴びて寝るわね。これ食べてから学校に行きなさい」

一郎伯父さんからのお土産の箱を受け取り、僕にハムエッグの載った皿を差し出し、欠伸をしながら桃子さんはそのまま風呂場へと入っていった。たかだか三、四日の不在。感動的な親子の再会のシーンは一瞬たりともなかった。


眠れなかったので、結局そのまま僕は『RIZE』のDVDを観た。これで何回目だろう。何十回、いや、百回以上は観ている。このDVDは僕のバイブルだ。観るたびにいろんな発見がある。飛行機の中で会った光さんも、「リクくんがそんなに熱く語るなら、俺も観てみたいな、その『RIZE』って映画」って言っていた。かなり眠そうに、ではあったけれど。

DVDを観終わって、ハムエッグをレンジでチンして、味噌汁を温め、ジャーからゴハンを盛って、一人で朝ゴハンを食べた。二杯ゴハンを食べてもまだ腹が減っていたので、冷蔵庫から納豆を出して三杯目を食べた。最近やたらと腹が減る。けれど、これで昼までは腹が減らないだろう。幸い僕の学校には激安の学食があって、かなりボリュームのある日替わり定食が四百八十円で食える。僕は毎日昼食代五百円を桃子さんに貰い、昼はその学食で食べることが多い。ときどき何人かの友達、主に女子、の弁当をつまみ食いして昼食代を浮かせ、それをコツコツ貯めてダンスのレッスン料にあてることもある。これからはなるべくそうしよう。今日からの僕は、飯よりダンスだ。

週末を挟んでロスに行ったので、学校を休んだのは月曜日一日だけだった。それでも、三日ぶりに登校すると、何だか久しぶりに現実の世界に戻ってきたような感じがした。お土産をねだられるのが嫌で、ロスに行くことは誰にも言わなかった。

教室に入ると、すぐに真友良《まゆら》が、

「リク！　なんか久しぶりじゃない？　昨日なんで休んだの？」

と、僕の頭を撫でてきた。こいつは本当にむかつく。小学校からずっと同じ学校でなぜかずっと同じクラスだ。背が高くて大人っぽい顔をしている。高三にして身長百六十三センチしかない僕をいつも子供扱いする。

「うるせえよ、ブス」

小声で言うと、

「ブスじゃないもん」
自信満々の顔で言い返された。確かに真友良はかわいい。学校で一番かわいいかもしれない。小学生のときはメガネをかけていたのだが、中学生になってコンタクトに替えてからいきなりモテ始めた。真友良のことを好きだと言う同級生が何人もいたし、僕と真友良が幼なじみだと知って、「紹介してよ」と言われることも多々ある。でも僕は真友良に一ミリも興味がない。それどころか、ただのウザい存在でしかない。

授業は退屈だ。学校は楽しいけれど、授業は本当に退屈だ。ダンスに繋がりそうな英語だけは最近（本当にごく最近）興味が出てきたが、数学、古典、日本史、世界史、物理、生物、とにかく全てがちんぷんかんぷん。何がわからないのかがわからないくらい勉強は嫌いだ。テスト前の一夜漬けでかろうじて落第は免れているものの、とにかく、とっとと高校生活を終えてしまいたい。ダンスを通じて知り合った先輩たちの何人かが、大学のダンスサークルに入って、すごく楽しそうに、かなり本格的にダンスをやっている。けれど、僕の今の成績じゃ、どんな大学にも入れないだろう。クラスメイトにも誰にも言っていないが、高校三年生の秋にもなって、僕は卒業後の進路をはっきりとは決めていなかった。桃子さんは、「リクの好きなようにすればいい。ただし、ちゃんと自分の将来を考えなさいね」と言っている。

教室の窓からはどんよりしたグレーの曇り空が広がっている。雨が降りそうだ。雨が降ると、公園でダンスの練習ができなくなる。

桃子さんは、僕が小学生、中学生のときはダンススクールの月謝を払ってくれていたが、高校生になってからは、「自分でアルバイトして稼ぎなさい」と、払ってくれなくなった。その頃にはもうダンスの仲間がたくさんいたから、僕は高校生になってからはスクールに行くのを止め、色々なアルバイトをして自分でお金を払って、尊敬するダンスの先生のレッスンだけを受けたり、ダンス仲間と一緒にスタジオを借りて踊ったりするようになった。

ロスに行く前までは寝る間も惜しんでパチンコ店とファストフード店のバイトを掛け持ちして旅費を稼いでいたのだが、両方とも短期のアルバイトだったため、今はやっていない。

お金の余裕がないときの僕の主な練習場は近所の公園だ。しかも夜の公園。桃子さんは、「酔っ払いや浮かれたカップルなんかがいそうで、夜の公園で一人で踊るなんて危険」と少し険しい顔をするが、夜の公園は案外誰もいなくて、集中できる。一人でがむしゃらに踊るにはうってつけの場所なんだ。お金に余裕があるときだってしょっちゅうそこで踊っていた。公園で踊りの練習をしていて一番嫌なのは、酔っ払いでもカップルでもなくて、

「悪天候」だ。特に雨が一番厄介だ。足が滑るし、すぐに身体が冷える。

雨よ降るな！　と空を睨んで祈っていたら、願い虚しく、ぽつぽつと雨が降り出してきた。ちくしょう、ツイてない。

あっ、そうだ‼　今日は光さんちに行こう。いつでもおいでと言っていたし、光さんちは僕の家から電車でたった五駅だ。昨日、飛行機が着陸した途端に寝てしまった光さんを思い出して思わず笑ってしまう。光さんは茶目っ気があってフレンドリーで、ホント一瞬ですぐ好きになった。一旦帰宅して、『ＲＩＺＥ』のＤＶＤを持って光さんちに行こう。なんてったって、光さんは昨日、「『ＲＩＺＥ』を観てみたい」って言っていたんだから。急なひらめきにワクワクしながら、授業が終わると速攻で僕は光さんに電話をかけた。

幸

二十代の後半になってから、肩こりが激しくなってきた。

「若さっていつの間にか消耗されてくんだ。学生のときはそんなことに気付かずにいたよなぁ」なんて思いながら、自分で自分の肩にチョンチョンと鍼《はり》を刺す。こんなとき、鍼灸《しんきゅう》師《し》の資格を持っていて良かったと他人事みたいに思う。いいのか悪いのか、長時間のマッサージを受けるより、自分の凝っている場所に自分で鍼やお灸をする方がずっと身体が楽になる。今日は妙に肩や首筋がダルイなぁと思ったら案の定ポトポトと雨が降ってきた。雨が降りそうになると不思議なことに妙に節々が張り詰める。これまたいいのか悪いのか、天気予報より自分の身体の方がずっと正確に天気を予測してくれる。肩に鍼を刺したままお茶を飲んでいたら、少しずつ身体がほぐれてくるのがわかる。なんか、私、おばあちゃんみたい。私のことを何も知らない人がこの光景を見たら、きっと引くんだろうなぁ。自分で自分に鍼をする女って。


鍼をスッ、スッと抜いていたら、ピンポーンと、誰か来た。インターフォンのモニターを見ると、制服を着た少年が映っている。セールスの人にも宅配便の人にも見えない。部屋を間違えたのかしら？　トークボタンを押して「どちら様ですか？」と聞くと、ちょっと間があって、それから、

「あの……、関下さんのお宅じゃないですか？　光さんはいらっしゃいませんか？」

と聞きとりづらいボソボソとした声で言われた。光の友達、って言うか、お客さん？にしては随分若いなぁと奇妙な気持ちになったが、とりあえず、オートロックを解除し、見知らぬ少年が来るのを待った。

数十秒後、今度は我が家の玄関のインターフォンが鳴ったので、ドアを開けると、背が低くてかなり可愛い顔をしている少年が髪を濡らして立っていた。私を見て、

「光さんと約束していて、六時にここに来るように言われました。雨が降ってきたから慌てて走ったらこんなに早く着いちゃって」

しどろもどろになりながらそう言った。時計を見ると午後五時二十分。走ったから早く着いちゃったって、その速さはオリンピック選手か？

光は八方美人だから誰とでもすぐに仲良くなるし、そんなに深い知り合いではなくてもすぐに人を家に招く。一緒に住んでいる恋人のことをもう少し思いやってほしい。付き合いたての頃はその光の無防備さと調子の良さに腹が立って、よく喧嘩をしたものだ。

しかし、どうやらこの少年は光のニューフェイスのお客さんのようだし、同棲相手とはいえ、このマンションの部屋の名義は私ではなく光だ。だから少年をリビングルームに案内した。

少年はまったく遠慮のない様子でリビングルームの中をキョロキョロ見まわし、

「すごいです。こんなオシャレな部屋初めて見ました。家具もカーテンも置いてある小物もみんなカッコ良くて、ドラマに出てくる部屋みたいです！」

さっきまでおどおどしていたのが嘘のように目をパチクリさせている。あれっ、なんて可愛いの！　大きな黒目に、まだ完全に声変わりしていないようなハスキーな声。無邪

気ってこういうことを言うんだわ。雨に濡れた子犬を見たような気持ちになって、ちょっと悶絶気味に興奮しちゃってる私。

「光はお金持ちの道楽息子だからねぇ。あとね、光ってすごく家にこだわるの。住んでて楽しい家がいいって、いつも言ってるのよ」

笑いながら言うと、

「『どうらくむすこ』って何ですか? 僕、馬鹿だから言葉知らなくて……」

と不安そうな顔で聞いてきた。ああっ、なんて素直なの? いまどきの高校生にしちゃあ、素直すぎるわ。と、またまたキュンとした。道楽息子の意味を教えようとしたが、すぐに少年は、

「あっ、僕、北野リクです。リクはカタカナでリクです。光さんの彼女さんですか?」

道楽息子のことはもうどうでもよくなったらしく、いきなり自己紹介と質問をしてきた。そこも何だか幼さが垣間見えて可愛い。

「そうです。幸って言います。幸せの幸です。なんか、リクって名前カッコイイね」

リクという名前があまりにもこの少年にぴったりだったので、本心からそう言うと、

「光さんも言ってくれました。リクっていまどきの名前だって誉めてくれました」

またまた私にあどけない笑顔を見せる。思わず目尻が下がってしまう。これじゃあ若い女の子にデレデレしているオジサンみたいだわと、妙に恥ずかしくなってしまい、少し平

静さを取り戻しながら、

「光、まだ帰ってきてないからここで待っててね。何か温かいものでも飲む？　コーヒーも紅茶もココアもハーブティーもあるわよ」

あえてお姉さんっぽく聞くと、紅茶がいいとのことだったので、ティーバッグではなく、紅茶の葉をポットに入れ、少し本格的かつオシャレ調な紅茶をリクくんに出した。ちゃんと「いただきます」と言って、紅茶をカップに注ぎ、スティックシュガーを二本も入れて、リクくんは紅茶をフーフーと吹いてから飲んだ。猫舌なのか、その飲み方がちょっとおじいちゃんっぽかったのがこれまた大人の女心をくすぐり、私はまたその可愛さにクーッとなってしまった。いたいけで心が和む。やだわ、私、年下の男の子を可愛いなんて思うの初めての経験だわ。

六時五分前に、光が帰宅して、開口一番、

「おっ、リク、制服着てるじゃん。ホントに高校生なんだなぁ」

と嬉しそうに言った。そして私に、昨日の飛行機の中でのこの高校生との出逢いを事細かに説明してくれた。ええっ、この二人、昨日、出逢ったばかりなんだ。しかも飛行機の中で。なのに、もう今日会う約束をすんなり受け入れちゃったんだ。ホントに光って……。呆れたような、面白おかしいような気分になって、私は二人を交互に見つめた。

お茶を飲みながら改めて自己紹介をし終わると、

「僕、昨日言ってたダンス映画のＤＶＤ持って来たんです。光さん、『観たい』って言ってたから」

リクくんが大きなリュックから『ＲＩＺＥ』というタイトルのＤＶＤを取り出して光に差し出すと、光は目の奥に「?」マークを宿らせ口をポカンと開けている。ああ、まただ。絶対に興味がないくせに話の流れで「観たい！」とか言ったに決まってる。光はそういう奴だ。簡単に人に同意しすぎて、あとでその人を無意識に傷付けてしまうようなところがある。

「リクさ、門限とかあるの？　もし大丈夫なら夕飯うちで食っていけば?」

ほら、また私の意見なんて聞かずにそんな提案をしている。作るのは私だっつーの。しかし、

「あっ、僕んち、母親と二人暮らしで、僕、昔からすごく母親に信用されてるんです。母親、スナックをやってるし、最近彼氏もいるみたいだから夜は家にいないんです。いい意味でうち、放任主義だから全然平気です。今日も一人で松屋で夕飯食べようと思ってたんです」

私に向かって発せられたリクくんのその言葉を聞いて、

「リクくん！　うちで夕飯一緒に食べていきな！　今日はね、すき焼きなの」

必要以上に嬉々としてリクくんを引きとめる私。普段なら急な来客に「チッ」と心の中で舌打ちするのに、この子は別。これって初めての母性？　孤独な少年にすき焼きを食べさせてあげたい！　って猛烈に思ってしまっている。

「ホントですか？　嬉しいです！　すき焼きを食べるの、中学の修学旅行以来です」

何よ、この泣かせる感じ。お姉さん、張り切って作っちゃうわよ、すき焼き。

「リク、モッてるなあ。俺、ロスに出張に行ってる間にずっとすき焼きが食いたいって思っててさ、幸にメールで『帰ったらすき焼きが食いたい』って言ってたんだよ」

光も本気で楽しそうだ。なんだか、「一家団欒」みたいな素敵な空気が立ち込めちゃっている。「本当に嬉しいです」と言ったリクくんに顔がほころぶ私と光。しかし、

「じゃあ、すき焼きをいただきながらみんなで一緒に『ＲＩＺＥ』を観ましょう！」

期待満面のリクくんの提案に、今度は二人揃って「うっ、うん」と口ごもりながら作り笑顔を浮かべた。


すき焼きは美味しかったし、何だか久しぶりに心から楽しい家ゴハンだった。私と光はお酒を飲んでいたから、なおさら賑やかだった。リクくんは高校生らしい旺盛な食欲を見せ、ゴハンも卵も二回お替わりをした。

そして、食事中に観た『ＲＩＺＥ』という映画は……、予想に反してかなり素晴らしかった。私は（光も）まったくダンスに馴染みがないし、ましてやクランプなんてジャンルのダンスがあることすら知らなかった。だから、観る前はなんとなく意味がわからない退屈なダンス映画を想像していたのだが、いざ観てみると、胸に沁み入るところのあるドキュメンタリー映画だった。動物が敵を威嚇するような、アスリートが渾身の力を振り絞って競技に挑むようなめちゃくちゃ激しいダンス。はち切れそうな「生」を感じさせるクランプ。私は食事を終えたらすぐに食器を洗いたい質《たち》なのだが、食後もそのまま夢中で『ＲＩＺＥ』に見入ってしまった。予想外の感動（と言うか衝撃）に、エンドロールが流れたあと、なんて言っていいのかわからず、「すごいね、この映画」とだけ言うと、リクくんは得意満面になった。

「光さんは？　光さんはどう思いましたか？」

リクくんが光にそう聞くと、光は咳払いを一つして、

「俺さ、友達がロスに留学しててさ、大学生の頃にロスに長期間行ってその友達の家に居候してたことがあるんだけど、そのときにこの映画の舞台になったロスのサウスセントラルに行ったことあるよ。行ったたって言っても車で通っただけなんだけどさ。ロスアンジェルスの他の地域と違って、サウスセントラルは黒人だらけなんだよ。もうさぁ、黒人しか

歩いてないし、街のあちこちにある広告とか看板とか、そういうのまで全部黒人のモデルを使ってんの。たとえばさ、ファストフードの看板が他の地域は白人の子供をモデルとして使ってるのに、サウスセントラルだけは黒人の子供がハンバーガーを持ってる写真を使ってたりしてるわけ。実はさ、その地域って、ハリウッドから車で数十分なのに、ロスで一番治安が悪くて怖い地域だって聞いてさ、度胸試しみたいな気持ちで車で通ってみたんだよね。その地区に入ったとたんにあまりにもブラック色が強くてなんかビビっちゃってさ、窓をきっちり閉めて、汗をびっしょりかいて運転してたんだ。で、サウスセントラルを抜けると急に空気が緩んだみたいな感じになってやっと普通に呼吸ができたみたいな」

ほろ酔いなのにもかかわらず、あまり頻繁に見せない真面目な顔でそう言った。

「すごい、光さん！『ＲＩＺＥ』の、クランプの発祥の街を見たことがあるんですね。羨ましいです！」

羨望の眼差しを光に向けるリクくん。

「うん。しかも、サウスセントラルを抜けてちょっと走ると、すぐにガーデナだよ」

ガーデナがどこかわからなかったので、「ガーデナって？」と光に聞くと、すかさずリクくんが、

「あっ、僕の伯父さんが住んでる街です。のどかで日本人がたくさん住んでるんです。で、

ロスにいるときに伯父さんに、サウスセントラルに行きたいって言ったら、危ないからやめとけって言われて……」

満開の花が急に萎んだように言った。

「ああ、俺も、あんな危ないところに一人で行くなんて怖いもの知らずだって、あとからその友達に言われたよ。それにしてもあの街であんなすごいダンスが生まれてたんだね」

何気ない光のその言葉にリクくんは、

「そうなんです！　僕、あの街に行って黒人になりたいんです！」

えらく真剣なまなざしを私たちに向けた。


ソファーに移動し、私たちはお酒を、リクくんは再び紅茶を飲んでいた。サウスセントラルに行ったときのことを懸命に思い出し、それをリクくんに話していた光が、

「リクさ、リクもクランプを踊ってるんだよな？」

と聞くと、

「はい」

リクは、敬礼するみたいにビシッとそう答えた。

「すごいな、あんな激しいダンスを踊るなんて。ちょっとでいいからさ、今踊ってみてよ」

酔っていると普段にも増して遠慮会釈なく馴れ馴れしくなる、それが光だ。大きなソファーとテーブルが私たちのスペースを占領しているし、ＢＧＭはテレビのくだらないバラエティー番組だし、私がリクくんに助け船を出そうと、

「こんなとこですぐに踊れないわよね。もう、光ったらホント何様なんだから」

そう言うと、予想に反してリクくんは、

「全然大丈夫です！　踊ります！」

立ち上がって、私たちから少し離れたキッチンの方にすたすたと歩いていき、やにわに手足を激しく動かして踊りだした。

さっきまで小動物のように見えていたリクくんは、踊り始めたとたんにしなやかな獣みたいに見える。誰かが突然場の空気を変えるようなことをするときって、見ている側は妙に気恥ずかしくなったりするもんだ。けれど、どうしてだろう、私はそのリクくんを見たとたん、涙が零れそうになるのを必死で堪えた。堪えながら、何一つ見逃さないようにリクくんを注視した。リクくんが踊っていたのはほんの十数秒だったのに私は明らかに圧倒されていた。

「すげえ！　すげえカッコイイよ、リク！」

リクくんが動きを止めると、光はさっきまでのニヤニヤ顔ではなく、興奮した顔で大袈裟に拍手した。リクくんはすぐに小動物に戻って、照れながらチョコンとソファーに座り

直した。そのとたん、一瞬の静寂が訪れ、外の雨の音が嘘みたいに大きく聞こえた。部屋の中にはすき焼きの強烈な残り香が漂っている。

ほんのちょっとだけ見たリクくんのダンスに秒殺で魅了されてしまった私は、それを隠すように、

「あっ、患者さんからもらったブドウがあるんだ」

と、キッチンへ行き、ブドウを洗いお皿に盛って光とリクくんに出した。

「あの……、患者さんって、幸さんはお医者さんか看護師さんなんですか？」

リクくんがためらいつつ聞いてくる。

「違う、違う。私、鍼灸師なの。鍼灸ってわかる？　鍼を刺したりお灸をしたりするの」

「わかります。前に母親が四十肩になったときに鍼に通ってました。鍼ってすごく痛いって言ってました」

少し顔をしかめるリクくん。

「私の鍼は痛くないよ。あっ、リクくん、試しに今、鍼やってあげるよ」

「えっ、いいです。怖いです。しかも僕、どこも痛くないしどこも悪くないです」

本気でビビっている。

「あっ、幸の鍼は全然痛くないよ。幸、鍼の天才だよ」

光がそう言ってくれたので、私は鍼を取り出し、素早くチョンとリクくんの頭に鍼を刺し、

「ほら、全然痛くないでしょう?」

と、勝ち誇った笑顔をリクくんに向けた。

「えっ、えっ、頭? 鍼って頭にも刺すんですか? つーか全然痛くないです。何にも刺さってないみたいです」

自分の頭からピヨンと鍼が一本出ているのを鏡で見てびっくりしている。

「リクくんさぁ、人って心も身体もみんなが案外疲れていて、老若男女みんなそれぞれ疲れている場所が違うんだよ。ちょっとジッとしててね」

初めての患者さんにいつも説明するときと同じ口調でそう言い、リクくんの頭や肩に次々と何本かの鍼を刺していった。まだ怖いのか、目をつぶっているリクくん。

「ほらリクくん、見てみて」

リクくんに鏡を見せると、

「わっ、いつの間にかこんなにたくさん刺さってる」

と、心底びっくりした顔で自分に刺さっている鍼に見入っている。そして、

「幸さん、なんかリクくんって照れくさいんでリクって呼び捨てにしてください」

そう言われたので、

「じゃあ、リク、今度はお灸もやってあげる。どこか凝ってるとこない?」

そう聞くと、

「足がちょっと疲れてます」

さっきは、どこも悪くも痛くもないと言っていたのに、今度は知的好奇心を覗かせて素直に言ったので、

「お灸はちょっと熱いかもしれないけど、やってみるね。あっ、足を出してソファーにうつ伏せになって。鍼を刺したまま動いても全然平気だから」

施術用のカバンからお灸を取り出しながらそう言うと、

「えっ、このまま歩いてもいいんですね?」

リクは、モデルの卵が頭に何か載せてキャットウォークを歩く練習をしているみたいにそろーりそろーりと、スローモーションみたいにゆっくりソファーまで行った。そして、なんの恥じらいもためらいも見せずに制服の上着とズボンを脱いで、上半身はシャツだけ、下半身はパンツ一丁の姿になり、ソファーにうつ伏せに寝転がった。ダンスで鍛えた賜物だろう、リクの足にはかなりの筋肉がついている。私がリクのふくらはぎに小さなお灸をいくつか載せてチャッカマンで次々に火を点けると平気そうな顔をして、

「全然熱くないですよ。あっ、なんかおばあちゃんの家の匂いがします。でもこの匂い嫌いじゃないです」

うっすらと汗を掻きながらまんざらでもない顔をしている。

「良かった。リク、鍼灸が向いてるんだよ。たまにね鍼もお灸もまったく受け付けない身体の人っているんだよねえ。最初の鍼灸ですごく痛がったり熱がったりして、そのまま鍼灸に絶対的な拒絶反応をする人が案外いるの。ちゃんとした鍼灸師にきちんとやってもらえば確実に効果があるのに」

ポンポンと更にいくつかのお灸をリクのふくらはぎに置いた。

「なんか、じんわりとあったかいですね。お灸って気持ちいいです。桃子さん、あっ、僕の母親、桃子って名前なんですけど、桃子さんは運が悪かったんですね。これだったらきっと桃子さんも平気なのにな」

緊張でこわばっていた顔を緩め、心底リラックスした顔になるリク。

数分後、お灸の火が燃え尽きたので、リクの足からサッとお灸を取り除き、頭や肩に刺さっていた鍼も取り除き、

「はい終わり。ほら、ブドウ食べな」

リクにブドウを渡すと、リクは「あーっ」と大きく伸びをし、ズボンをはいて、ブドウを食べ始めた。

「あれっ、なんかブドウが異様に美味しいです。なんかすごいみずみずしいです。あと、身体が楽になったみたいな気がします」

と驚いたように言いながら、ブドウを次々にいくつも頬張っている。ハムスターみたいだ。

「あっ、良かった。鍼とお灸のあとって、いろんな物がすごく美味しく感じるんだよ。特に飲み物とかフルーツがいつもよりずっと美味しく感じるの。光はね、鍼のあとのビールがこの世で一番旨く感じるっていつも言ってるよ。ねっ、光？」

オットマンに足を乗せながら、テレビを見ていた光を見ると、コックリコックリ眠ってしまっている。ああ、この人はなんでこんなにすぐ眠ってしまうんだろう。大人と呼ぶにはどこか自由すぎて無防備すぎる。それがいいところでも悪いところでもある。私とリクは、すっかり眠ってしまっている光を見て、視線を合わせ、二人同時に困ったように笑った。

「光さん、昨日も飛行機の中で着陸寸前に寝ちゃってました」

悪戯《いたずら》っ子みたいな顔つきでリクが言ったので、

「ああ、なんか着陸寸前の光のだらしない様子が手に取るように想像できるわ」

私が顔をしかめると、リクは手の平で口を押さえて静かに再び笑った。

光

またしてもソファーで寝てしまった。二十代の頃より酒が弱くなっている気がする。起き上がって部屋の中を見回すと、まるで夕飯なんて食べてなかったみたいに、まるでＤＶＤ鑑賞会なんてやってなかったみたいに、キッチンもリビングルームもすっかり綺麗に片付けられている。リクはいつ帰ったんだろう？　ぼんやりと澱んだ頭で、バスルームへ行き、歯を磨いて顔を洗い、そっとベッドルームのドアを開ける。幸はいつものように寝相よく、まるで死体みたいに微動だにせず眠っている。幸を起こさないように、そっと隣に潜り込んだ。時差ボケと酒で、さっき変なタイミングで中途半端に寝てしまったから、きっと眠れないだろうなと思ったが、目を閉じたらすぐに睡魔がやってきた。そして、朝までぐっすり眠った。

今日は新商品の開発会議の日。

俺の親父はハンバーガーチェーン、『ブルーミング・バーガー』の社長をやっている。安全かつ上質な素材と味を追求しているため、マックやモスバーガーみたいに大規模ではないにしても、「高級感のあるハンバーガーチェーン」として、全国（主に大都市）に数十店舗展開している。国産牛百％のパティとしっとりもっちりした弾力のあるバンズが売りで、ブルーミング・バーガーのハンバーガーはファストフード店のハンバーガーよりずっとうまいと、食や健康にこだわりのある人からの支持を得て、業績は年々上向きだ。そのハンバーガーチェーンの本社で俺も働いている。

今はまだ「開発事業部長」の肩書しかないが、親父にも役員にも周りの社員にも、ゆくゆくは俺が次期社長になると思われている。

毎日のように繰り広げられる「新商品開発会議」は案外楽しいし、ワクワクする。十数名の社員が参加し、「プリプリ海老フライバーガー」、「有機野菜バーガー」、「低脂肪ターキーバーガー」など、様々な新商品のアイデアを提案してくるが、どれもこれも画期的でも目新しくもない。

「なんか、聞いたことあるようなメニュウばっかりだな。そんなんじゃ新規のお客さんが食いつかないよ」

みんながプレゼンしてくる新メニュウの提案を次々と一刀両断に却下する。ありきたりで一辺倒な意見をズバズバ斬る俺に、何人かの社員が無表情の仮面の下でムカついているのがわかる。

親父の会社に勤めだしてから、たくさんの社員が俺のことを「生意気な二代目」と陰口をたたき疎ましく思っているのも知っているし、俺はそれが「社会」という場ではごく自然な現象だとも思う。自分よりずっと若い青二才が会議を仕切り、厳しいジャッジを下すなんて、そりゃあ楽しいことではない。けれど、この会社という組織の中で革命的な新風を常に吹かせることが俺に課されている一番の役目なんだ。親の七光りだと言われても構わない。だって俺は、七光りの上に胡坐《あぐら》をかいている気は毛頭ないから。

幼い頃から俺は、まだ若かった親父と一緒にハンバーガーという食べ物を追求してきた。東京の「ブルーミング・バーガー一号店」がオープンする前もオープンしてからも、親父について回って外のいろんなハンバーガーショップに出向き、いろんなハンバーガーを食べた。

家庭では、親父とお袋が一緒にキッチンでハンバーガーの試作をしているのをいつも見ていた。特に、第一号店オープン前の数カ月間は、毎日毎日肉汁の匂いとパンが焼ける匂いがうんざりするくらい家中に充満していたのをはっきり憶えている。いつだって試作品を真っ先に食べて感想を言うのが俺の役目だった。親父が自信を持ってお客さんに提供できるようなオリジナルハンバーガーたちを模索している姿や販売低迷を防ぐために深思《しんし》するのを一番間近で見てきた俺に、「後継ぎ」という今のポジションはうってつけだと思う。何よりも俺は昔からハンバーガーが大好きだ。

俺の母親は絵に描いたような専業主婦で、一年中ダイエットしている。息子の俺が言うのも何だが、優しくておっとりしていて、誰からも好かれるタイプの人。ブルーミング・バーガーのオープン前後は、それこそ内助の功で誰よりも熱心にひたむきに親父をサポートしていたが、店が軌道に乗り始め、二号店、三号店と支店がどんどん増えるに連れて、「私は家で普通の奥さんやお母さんをやっているのが一番性に合っている」と、徐々に会社からフェードアウトしていった。親父はそんなお袋に「じゃあ、役員としてお前の名前を残しておくよ」と言ったが、「嫌よ。なんか、いろいろ面倒くさそうだもの」とそれを断った。必死に夢を追いかけている親父をサポートしたり励ましたりすることが楽しかっただけで、会社が大きくなることや権力を持つことには一切興味がなかったのだった。

そうして、お袋は、自分の居場所を「家庭」と決め、親父と俺と妹のためにその場所をずっと居心地のいいものにしてくれている。俺が「世間知らず」だとか「苦労知らず」とか言われるのは、このお袋が俺を可愛がり過ぎたせいなのではないかとたまに思う。幸が「光って、なんか、張り詰めてないって言うか、のほほーんとしてるよね」といつも言うのもこれが原因なのかもしれない。

俺より六歳下の妹、飛鳥《あすか》は、両親と同居しながらも女性専用の高級リラクセーションサロンに勤めている。主にオイルマッサージの施術をしているらしい。

妹は俺とは全然違う性格で、あんまり感情や表情に抑揚がないし、食べることにも興味がない。その上、「胸やけの原因になるから」と、ハンバーガーがあまり好きではない。お袋がよく「光はどこに行っても誰に会っても笑顔でちゃんと挨拶するのに、飛鳥はなんでこんなに無愛想で無表情なのかしら」とこぼしている。飛鳥は喜怒哀楽の感情を大袈裟に表すのが苦手なだけで、別にそこまで無愛想でも無表情でもないと俺は思っている。

父親の会社に入ってから、どうしてもオンとオフの区別をはっきりとつけたくて、実家からすごく近所にもかかわらず、親父が有形固定資産として購入したマンション（しかもかなり瀟洒《しょうしゃ》なマンション）で一人暮らしを始めさせてもらったことをやましく思っている俺は、二十七歳にして両親と同居してくれている飛鳥にすごく感謝している。年齢差が六つもあるせいか、昔から兄妹仲はかなりいいと思う。しかも、俺と幸が出会うきっかけを作ってくれたのが飛鳥だった。

鍼灸師やマッサージ師や整体師の資格を取れる学校で幸と飛鳥は知り合った。幸は鍼灸科に、飛鳥はマッサージ指圧科に、それぞれ三年間通った。俺は全く知らなかったのだが、鍼灸師になるにも正式なマッサージ師になるにも、文部科学大臣が認定した学校か厚生労働大臣が認定した養成施設や専門学校に最低三年間通い、その後、国家試験を受けてそれに合格しなければならないのだそうだ。

飛鳥に関しては、「毎日どこかの専門学校に通ってる」くらいに思っていた俺は、ある日、「無事に国家試験に合格した」とあっさり報告され心底驚き、我が妹のことをかなり尊敬した。

五年前の春、俺は原因不明の腰痛に悩まされていた。その頃はもう一人暮らしをしていたのだが、会社帰りにほぼ毎日実家に寄り、飛鳥にマッサージをしてもらった。揉んでもらってるときは気持ちいいのだが、それでも一向に腰痛が治らなかった俺に「お兄ちゃん、これはもう鍼とお灸しかないよ。マッサージより効くと思う。友達に鍼灸の達人がいるから」と飛鳥が紹介してくれたのが幸だった。

初めて幸に会ったとき、鍼灸師が女だったことにまず驚いた。俺は勝手な固定観念で、「鍼灸師は男」だと思い込んでいたのだった。

「これ私のお兄ちゃんの光。電話でも説明したけど、腰痛がひどいの。幸ちゃん、ちょっと診てやって」

随分と短縮的に飛鳥がそう言うと、顔の半分以上をマスクで隠した女が、

「はじめまして。土橋《どばし》幸と言います。とりあえず、下着のパンツ以外は全部脱いでこの台の上にうつ伏せになってください」

ほんの一瞬の自己紹介のあと、すぐに俺を促した。施術には二時間くらいかかるとのこ

とだったので、飛鳥は、

「私、用事があるから行くね。幸ちゃん、またね。お兄ちゃんよろしくね」

と言い、俺を置いて帰った。

リクが初めて幸に鍼をやってもらったとき同様、俺も最初は鍼に対する恐怖心があった。パンツ一丁だし、施術室には病院と同じような固い緊張感があって、なんだか心許なかった。診察台の上にうつ伏せになり目を閉じると、幸は無言のまま俺のパンツをずるりと太ももまで下げ、それからものすごいスピードでスッ、スッ、と俺の腰、尻、背中、足、首、頭、とにかく全身余すところなく鍼を刺していった。全く痛くなかった。施術が始まってからすぐに鍼に対する恐怖心はいとも簡単に消えた。

「じっくりと時間をかけて刺せば鍼は痛くないんですよ。リラックスしてください。もし痛かったらすぐに言ってくださいね」

俺の不安を見抜いたかのように言う幸。

「あっ、はい」

とちょっと恥ずかしい気持ちになりながら目を閉じると、

「お灸もやりますね。熱かったら我慢せずにすぐに言ってください」

今度は俺の背面に次々にポン、ポンとお灸を置き、すぐさま火を点けた。点灸すると部屋中にもぐさの匂いが漂い、じんわりやんわり身体が温かくなった。ちょっとだけ熱いところもあったが、それでもあまりにも心地よくて、俺はつい寝入ってしまった。思えば、初対面の日から俺は幸に寝顔を見せていたんだ。どうりでいつも「光ってホントによく寝るよね」って言われるわけだ。

背面が終わり、仰向けになり、背面同様一連の施術をしてもらい、幸が濡れタオルで、汗とお灸の黒い痕を拭いてくれた。腰の痛みは格段に良くなったわけではなかったが、それでも身体が軽くなったような気がする。やたらと喉が渇いていた。

「腰、かなり酷い状態ですね。とりあえず数日間通ってみてください。鍼灸のあとはなるべく一時間くらいは水以外は何も口にしないでくださいね」

またまた俺の心の中を見透かしたように、幸は紙コップに入った水をくれた。それを飲むと、信じられないくらい美味しかった。喉に、澄んだ小川が流れているような錯覚をおこすほど鍼灸のあとの水は美味しかった。

それから数日間、俺は毎日幸の鍼灸院に通い、一時間半から二時間の施術を受けた。そして四日目、嘘のように腰の鈍痛が治まった。ちょっとかがんだり立ち上がったりするたびに「いてててっ」となっていたのが信じられないくらいだった。そして、その瞬間から俺はすっかり幸の鍼灸の腕前の信者になってしまったんだ。

そのあとも、身体がダルイとき、寝不足のとき、二日酔いのとき、とにかく身体のどこかが不調だと思うとすぐに幸のところへ行った。

初めて幸に鍼灸をやってもらってから、二カ月くらい経った頃だろうか、たまたま幸の働く鍼灸院で飛鳥と同じ時間帯に施術してもらったことがあった。飛鳥も身体がおかしいと感じると幸に助けてもらっているくちだった。その日は俺と飛鳥のあとには患者さんがいなかったので、飛鳥の提案で施術後に三人で食事に行った。そしてそこで俺は初めて幸と、会話らしい会話を交わした。施術中はあまり話さずに目を閉じてリラックスして寝ていることが多かったからだ。

鍼灸師と患者という関係を取っ払うと、オフモードの幸は鍼灸師の幸とは全然違う印象だった。「白衣（ではないけれど）を脱いだナース（ではなくて鍼灸師だけれど）、ここに参上！」みたいなギャップがあった。絶対に無口だと思っていたが案外饒舌で話し上手だったし、物腰の柔らかいおだやかな人に見えていたのに、とても聡明で頭が切れる、かなり物事をズバズバと言うタイプ。さすが、変わり者と呼ばれる飛鳥と仲良くしているだけあって、男に媚びず、細かいことを気にしない性格。飛鳥が昔から言っている「私、男の前で態度とか声色を変える女を見てると引っ叩きたくなる」にまるで該当しない。飛鳥が家にいるときよりもずっと社交的に会話している姿を見るのも何だか新鮮で、兄としては嬉しかった。食事も旨かったし、ワインも旨かったし、その場の雰囲気も楽しかった。

よくよく聞いてみると、幸と飛鳥が仲良くなったきっかけは、鍼灸・マッサージ学校時代、共通の知り合いに懇願されて参加した「ボジョレーヌーヴォー解禁日飲み会」と称された合コンだったらしい。その共通の知り合いがとても痩せていて表情が貧相でいつも悲しそうな顔をしていたから、幸も飛鳥も「断ったらこの子自殺しちゃうかも」と思って人命救助みたいな思いで参加してあげたそうだ。合コン開始からすぐに二人とも、「どうしよう、つまんない。ものすごくつまんない」と思いながらワインを飲んでいたから、男たちとのくだらない会話を避け、わざとらしくきゃっきゃとはしゃぐ他の女たちの声にも耳を塞いでいた。そうなると以心伝心、同志発見、自然と二人で話し始め、勝手に二人だけの世界を作り、きっちり会費分以上のワインを飲んで意気投合したのだそうだ。

「しかし、あの合コンは酷かった。国家試験を控えてる人たちだとは思えないくらいみんな異性を射止めることに一心不乱で、破廉恥な猿みたいだった。気持ち悪かった」

幸がそう言うと、飛鳥は、

「私なんて人生で参加した合コン、あとにも先にもあれだけだよ。あれに行って、無理！　って思った」

アルミフォイルを奥歯で嚙み締めたときのような顔をした。

スッピンか薄めのメイクを施し、ラフでカジュアルなファッションが好きな幸。かなり派手なメイクに、いつも鮮やかな色の洋服を着たがる飛鳥。外見の趣味は全く似ていない二人なのに、性格というか人間性の中枢の部分で通ずるものがあったみたいだ。

自然な流れで敬語での会話を止め、三人で、お互いの両親の話や小さな頃の話を面白おかしく話していたら、

「私、『幸』っていう名前がすごく不愉快なんだよなぁ。幸とか幸子《さちこ》とか美幸《みゆき》とか、名前に『幸』がつく女で幸せそうな人に一人も会ったことないんだもん」

不意に幸がそう言ったので俺と飛鳥は笑ってしまった。

「あとさ、『土橋』って名字もコンプレックスがあるの。小学生のとき土橋をもじって『どばし、どぶす、どぶすさち』って男の子たちに呼ばれちゃってさ。ほら、小学生男子なんて本当に残酷じゃない？　だからさ、もう、毎日やんやと『どぶすさち』って囃《はや》されてさ、そしたらそのうち、『どぶすさち』が縮まって『どぶさち』って言われるようになって、なんかそれが定着しちゃって、女の子たちまで『どぶさち』って呼ぶようになったの。中学に入るまでずっと私のあだ名『どぶさち』だったんだよ。あれは暗黒の時代だったわ」

「それってさ、キムタクみたいなもんじゃん。名字と名前を略して『どぶさち』。可愛いもんよ。お兄ちゃんにも言ったことないけど、私なんて小学校時代のあだ名、『地縛霊』だよ。全然喋らないし全然笑わないから友達ができなくて、陰で『地縛霊』って呼ばれてたんだから」

初めて聞く飛鳥のそのエピソードに兄の俺が軽く傷付いた瞬間、幸が大声でゲラゲラ笑った。

「うわぁ、やだねぇ『地縛霊』。それだったらまだ『どぶさち』の方がいいね」

そう言って、ますますゲラゲラ笑った。その笑顔が、なんて言うか上手く言えないけど、あまりにも爽快で、過去の傷なんて笑い飛ばしていればあっという間に癒えると言っているみたいで、「ああ、俺、この子のこと好きだなぁ」と幸に心を奪われ始めたのだった。


そこから、どこにでもいる普通の男と女のように、なんとなく一対一で幸と会うようになり、外でデートをしたり、お互いのマンションを行き来したり、ありきたりの段階を踏みながら本当にさりげなく俺たちの恋は始まり、恋人同士になった。贅沢な造りの2LDKのマンションで一人暮らしをしていた俺の部屋に、幸が一緒に住むようになったのもごく自然な流れだった。

あまり認めたくないが、俺はシビアに物事を受け止める方ではなく、呑気なのに我慢強くない性格。大した苦労も知らずに甘やかされて育ってきたから、実年齢より精神年齢がかなり幼いのだと思う。一方で幸は現実主義でクール。喜怒哀楽をおもむろに出す質ではなく、どんなときでもどこか冷静な部分を持っている。同じ年頃の女たちよりずっと何かを達観している大人っぽさがある。全然違う二人だからこそ惹かれ合うものがあったのだと思う。

付き合ってしばらくしてから幸に、「なんで俺のこと好きになったの？」と聞いたときに、

「なんか、光って無防備で素直だったし、心が無傷みたいな感じがしたから。私の救急箱になってくれる人かもって思った」

あまりよくわからない理由を述べられたあと、

「あとね、初めて二人でブルーミング・バーガーに食事に行ったときに、ハンバーガーを食べる光の顔が好きだったの。それが決め手だった」

またまたよくわからなかったけれど、すごく綺麗な笑顔でそう言われたのだった。


最近、リクが頻繁に我が家を訪れるようになった。

初めて俺のところに遊びに来て以来、

『ダンスの練習をしてて足を怪我しちゃいました。幸さんに診てもらえないでしょうか』

から始まり、

『新しいダンスのＤＶＤをゲットしたんです、一緒に観ましょう』

『英語の授業がよくわからないんです。教えてください』

など、様々な理由でメールしてきては俺たちを訪ねてきた。

学校もダンスの練習もあって案外忙しいはずなのに、ときにはただ立ち寄り、ときには長居していった。

十八歳なんて回遊魚みたいなもんだ。止まっちゃったら死んじゃう生き物だ。エネルギッシュな若さを纏いながらやって来るリクは、いつのまにか我が家にとってマスコットのような存在になっていた。これが他の高校生だったら距離を置いたと思う。面倒に感じたとも思う。けれどリクは妙な可愛さを持っている奴だった。常々、

「若い男の子って、なんか気持ち悪い。白いブリーフと似た気持ち悪さがある」

と言っていた幸も、不思議とリクのことは大好きな様子で、リクが来ると嬉しそうだし、無料鍼灸の施術を始め、いろいろ率先してリクの世話を焼きたがった。

リクは、決して会話上手ではないし、案外生意気だし、十代後半にしては常識を知らないところもあった。けれど、一言で言うと、とにかく「無垢」な少年だった。俺も、かなりまっとうに育ってきたし、あんまり危ないことや悪いことはしてこなかった。けれどリクが持つ「無垢さ」は今までに触れたことのないような、ものすごく特別な、言うなれば育ちとか環境とか一切関係ない「純度百パーセントの無垢さ」みたいな気がした。リクに会えば会うほど、俺は心のどこかが浄化されるような気持ちになった。幸も全く同じように思っていたらしく、

「リクって不思議だよねえ。リクって、若い子にありがちな、こっちの若さを吸いまくる感じがまるでないよね。むしろ逆。私、リクに会うとなんか若返る気がする」

リクが帰るたびに、少し名残惜しそうな顔をした。


『今日の夜、光さんちに行っていいですか?』

この頃のリクは、理由も言い訳もなくダイレクトにそうメールして俺んちに遊びに来るようになった。今は求職中だが以前バイトしていたパチンコ店も飲食店も、通っている学校も、母親が働いているスナックも、ダンスのレッスンのために行くスタジオも、こっそりダンスを練習する公園も、リクのホームグラウンドは全て俺の家とリクの家の間に点在していて、リクはこの辺りの土地勘をバッチリ持っていたこともあり、ホントに笑っちゃうくらい俺と幸に会いに来るようになった。俺と幸のことを「学校の友達といるよりも何百倍も楽しいです」と言っている。


ある夜、俺とリクは我が家のキッチンに並んで立って、遅くまで施術の予約が入っている幸のために二人で夕食の支度をしていた。

「僕、母子家庭だから小さい頃から母親が料理する姿を見てて、けっこう料理できるんですよ。魚を三枚におろすのだって母親に習ったし。家庭科の授業とか楽勝ですよ」

リズミカルに野菜を刻みながら言うリク。

「リク、学校の授業で何が好き？」

「体育と家庭科が好きです。楽だから。あと、高校生になってから、つーか、ダンスを本気でやるようになってからは英語にも興味があるんです。現在完了とか全然わかんないけど」

「ああ、俺もそうだった。体育と家庭科は苦じゃなかったな。英語はさ、基礎さえちゃんとやっておけば、あとはある程度実践で何とかなるんだよ。外国人と頻繁に話すのが一番の上達方法だな」

「その基礎がないんですよ。僕、中学のときに全然真面目に勉強してなかったから」

「よくさ、学校の勉強は何の役にも立たないって言う大人がいるけどさ、それって違うんだよな。俺、社会に出てから、学生時代にもっとちゃんと勉強しとけばよかったって何度も思うもん。国語も数学も英語も、物理とか化学とか歴史とかも全部。今さら思っても遅いんだけどさ」

「もっと早く光さんに会ってたらよかったなぁ。そういうのを小学生の僕に言って欲しいですよ。ちょっと後の祭りですよ、今となっては」

そんな会話をしていたら幸が帰宅し、結局、残りの料理はすべて幸に任せて、俺とリクはゲームを始めた。やっぱり、料理の手際は幸が一番良かったし、リクがいると幸は率先して料理をしたがった。ちょっとした母親気分を味わっているのかもしれない。

逆に、俺が仕事で遅いときは、幸とリクが二人で夕飯を作って俺の帰りを待ってくれているときもあったし、休日は、幸が俺とリクのために腕を振るってちょっと凝ったものを作ってくれたりもした。まるで三人で住んでいるみたいだと錯覚をおこしそうになる。不思議な疑似家族は案外事新しくて楽しかった。


「リクってさ、少年独特の匂いがする。十代の、まだ髭とか生えてなくて体毛も薄くて、でも子供とは違う、男子特有の青い匂い。これがさ、二十代になるとその匂いが全くしなくなるんだよね。二十二、三からは完全に大人男子の匂いになるの」

深夜に二人で酒を飲んでいるときに幸が言った。

「えっ、それってさ、女子じゃなくて？　思春期の女子の方が独特の匂いがしない？　甘酸っぱいような」

「それって、男の妄想だって。思春期の女子って臭いもん。上手に喩えらんないけど、すごくいい匂いのする男の子ってたまにいるんだって。リクはその匂いがする。なんか胸が締め付けられるみたいな匂い」

「おいおい、変な気を起こすなよ。お前、変態のおっさんみたいなこと言ってるぞ」

「違う違う、そんなんじゃないの。私、さすがに十代の男の子にはときめかないって。でもさ、リクに会うまで、赤ちゃんや子供じゃない年下の男の子と自分がこんなに自然に仲良くなれるって、全然思ってなかったわ」

すごく優しい顔で言う幸。

確かに俺もそうだ。男子高校生を弟みたいに可愛がるようになるなんて俺も想像だにしていなかった。

少年と大人の男の狭間にいるリク。思春期や青年期を表す「Adolescence《アドレサンス》」という英単語があるが、リクにはそのアドレサンスという言葉がぴったりだと思っていたら、

「ねえ、こんなにしょっちゅう私たちのところに来てて、リクのお母さん不審に思ってないかなぁ?」

不意に幸が真顔になった。

カラオケスナックで雇われママとして働いているリクの母親は、日曜日以外は毎晩店に出ていて不在らしいし、たまの休みの日曜日も彼氏に会いに行ったりで忙しそうだ。「母親にすごく信用されているんです」とリクは言っていたが、こんなにしょっちゅう我が家に遅くまでいるなんて、さすがにリクの母親も心配かもしれない。一応リクの母親に一度挨拶に行った方がいいかもしれない……なんて、ちょっと大人としてまっとうな考えが浮かんだ俺だった。

リク

光さんちに行くのが楽しくて仕方ない！　光さんと幸さんが好きすぎる!!

ダンスを通じて知り合った年上の人たちとは違う、光さんと幸さんの格別に素敵な人間力、そしてあの家の居心地の良さ。何なんだ、あの二人が醸し出す空気と空間は？　お兄さん感、お姉さん感、ファミリー感がハンパない。一人っ子の僕にはマジで新しい感覚。

二人とも僕の精神年齢にぐっと下げて合わせてくれているのがわかるが、それでもいつも弟かつ年下の友達みたいにすごく僕を可愛がってくれる。もう毎日でもあの二人に会いたくなってしまう。ダンス以外でこんなに楽しい時間は初めてかもしれない。母親に対してうしろめたくなっちゃうくらいだ。桃子さん、ゴメン。僕、勝手にもう一つの家族を見つけちゃった気分です。

僕くらいの歳の、しかも母子家庭にしては、僕と母親の関係は睦まじいものだと思う。昔から案外何でも言い合うし、桃子さんと二人っきりの時間はまるで苦ではないし、「リクんちって、仲良しだよな」と友達にも言われる。そこに、マザコンを揶揄《やゆ》したような馬鹿にした感じは含まれず、ただ不思議そうに、言われる。

僕の十八年間の人生の傍らにはいつも桃子さんがいた。一度も反抗期らしきものはなかったし、すごく貧乏な思いをした覚えもないし、妙にベタベタした母子でもなかったから、多分桃子さんは一人できちんと僕を育ててくれたんだろうなって感じがする。たまに喧嘩もするけれど、次の日にはお互いなかったことみたいに忘れている。

記憶をさかのぼると、桃子さんには頻繁に彼氏やボーイフレンドがいた。桃子さんって、いわゆる「恋多き女」なのかも。しかし、誰とも再婚はしていない。別に僕は桃子さんが誰かと籍を入れても全然構わないけど、「旦那さんは、生涯でリクのお父さんだけでいいの」と、昔から言っている。別に僕のことを思ってではなく、桃子さん自身がそう確信している風に言う。

当然、飛行機の中での光さんとの出会い、そして最近頻繁に光さんと幸さんに会いに行ってしょっちゅうゴハンをごちそうになっていることも話した。

「今度、その二人をオペラに連れてらっしゃいよ。リクの年上の友達に私も会いたいし、母親としてちゃんとお礼が言いたいわ」

心底会いたそうな顔をした。

『オペラ』は桃子さんがやっている店の名前。由来はあの音楽と演劇が融合したオペラではなく、オペラという名前のケーキらしい。なんでも、死んだ父親がオペラというケーキが大好物で、何かいいことや嬉しいことがあるといつもオペラを買って二人で食べたそうだ。小さな頃から桃子さんが、「これがあんたのお父さんの大好物だったオペラよ」と、何度も食べさせてくれたが、チョコとコーヒーの味がするそのケーキはちょっと大人な味で、僕が本当にオペラって旨いなって思うようになったのは最近になってからだ。

光さんと幸さんに、

「うちの母親が二人にすごく会いたがってます。僕がいつもお世話になっているお礼に是非お酒をごちそうしたいって」

なんとなくそう切り出したら、

「行こう！　行こう！　俺と幸もリクのお母さんに一度挨拶したいって思ってたんだよ！」

すぐにその日、三人でオペラへ行った。光さんの家からオペラまではタクシーで千円ちょっとの距離だった。平日の早い時間だったから、僕らがオペラに着いたときにはまだ他のお客さんはいなかった。

さすが長年客商売をやっているだけのことはある。僕が二人を紹介すると、桃子さんはまずは丁寧に普段の僕へのお礼を言い、それからすぐに、光さんと幸さんがまるで十年来の友達であるかのように接した。

最初は僕にそっくりな顔をした桃子さんに少し緊張していた二人だったが（そう、僕は明らかに母親似なんだ）、桃子さんが、

「今日は私の奢りだからジャンジャン飲んでね！」

とビールをガンガン注ぎ足していくうちに、次第に緊張が解けたようで、すぐにいつもの明るい笑顔になり、とても賑やかに話を弾ませた。考えてみれば、桃子さんはまだ三十九歳だ。光さんは僕とよりも桃子さんとの方が歳が近い。幸さんだって、桃子さんと僕のちょうど中間の年齢だ。そりゃあ、仲良くなるよな。

「まだお店開けたばっかりだけど、楽しいから私も飲んじゃおう！」

いつもならこの時間にはまだあんまり飲まないのに、この日は桃子さんも何杯もお酒を飲んでいた。お酒って不思議だ。会ったばかりのときはかしこまった声で控えめな表情で挨拶していたのに、打って変わって今は三人ともかなりのハイテンションで楽しそうにしている。

十八歳の息子にすごく年上の知り合いができて、その人たちの家に入り浸っていると知ったら、普通の母親ならばきっとものすごい心配するし不信感を抱くとも思う。親の防衛本能のようなものが働き、光さんと幸さんを少なからず胡散臭く思うはずだ。けれど、

桃子さんは、

「リクにお兄さんとお姉さんができたみたいで、私も嬉しい！　しかもそれがこんな素敵な二人だなんて！」

いつの間にやら本当に僕という息子のことを信用してくれるようになっている。僕が変な人に懐くわけがないと思っている。

「あっ、でも間違えても私のことを『リクのお母さん』とか呼ばないでよ。『桃子さん』とか『桃ちゃん』って呼んでね。光くんと幸ちゃんとは同世代みたいなもんなんだから。あっ、それはちょっと図々しいか」

桃子さんが爆笑すると、それにつられて光さんと幸さんも笑った。

「リク、お前のお母さん……じゃないや、桃子さん最高だな！」

光さんが真っ赤な顔で僕に言う。

「リクって本当に素直でいい子です。お世辞じゃなくて、私こんなに気の合う高校生の男の子がこの世に存在するなんてこれっぽっちも思ってませんでした。桃子さんの育て方が良かったんですね」

今度は幸さんがそう桃子さんに言った。ああ、何だか、僕も幸せで楽しくなってきちゃったよ。すると桃子さんが、

「私ね、一人でリクを育ててね、すごく忙しかったの。子供は大好きだし子育ても全く苦

にならなかったんだけど、とにかくお金を稼がなくちゃならなかったから、毎日必死で働いてたの。最初は昼間の仕事をしていたんだけど、ある日、仕事を終えて保育園にリクを迎えに行って帰宅したら、もうホントに疲れ果てて、食事の用意をする気力が残ってないくらいで、とりあえず焼いてもいない食パンをそのままリクに食べさせてね、リクも嬉しそうにそれを食べてたんだけど、よく見たらその食パンに青カビが生えてたのよ。それを見たらもうリクが不憫で不憫で、泣けて泣けて。それから絶対にリクの食事や健康管理だけはちゃんとしようって心に決めたの。勉強なんかできなくていいから、とにかく健康に育てなきゃって。で、その事件をきっかけに、仕事も給料のいい夜の仕事に替えて……。あんまり人に頼りたくない性格だったから、自分一人で何とかしようって思ってたんだけど、自分の親とか知り合いにも助けてもらうようになったの。二十一でリクを産んだから、まだまだ子供だったのよね私。頑張れば一人でなんでもできるって意固地になってたのよねえ。だから、そんな風に幸ちゃんに言われると、なんだか本当に嬉しい」

うっすらだがなんとなく憶えている。パンを食べていたら、急にそのパンを取りあげられて、桃子さんが僕を抱きしめてウォンウォン泣いていたから僕も怖くなっちゃって泣きだした記憶がある。

「ダンスもね、初めてリクが自分から『やりたい！』って言ったことだったし、塾や楽器を習うよりよっぽど健康的だと思ってすぐにＯＫしたの。まさかこんなにダンスに夢中になるとは思ってなかったけど。そもそもリクがやりたがってるダンスがどんなダンスか知ったの最近なのよ私。勝手にエアロビクスみたいなのを想像してたの。しかも本当にすこぶる健康だけど情けないくらい勉強ができない子になっちゃった」

一瞬しんみりしかけた空気が再度明るくなるように桃子さんはわざとおどけてみんなを笑わせた。

「おい、リク！　ホント幸せだよ、お前。よし、お母さんの店だし、楽しくて仕方ないから、リクも今日は飲んじゃえ！　ここだけ治外法権だ！」

かなり酔っぱらっている光さんが僕にグラスを差し出すと、

「ちょっと！　光くんやめてよ！　たとえ身内でも、私の店では未成年の飲酒は絶対にお断りです!!」

桃子さんがビシッと言った。絶対にそう言うだろうと思っていたから、

「すぐに二十歳になるんで待っててください！　ちなみに僕、『ちがいほうけん』の意味がわかりません！」

そう言って、その場を治めた。

久しぶりに酔っている桃子さんを見た。お酒というのは、人の心を開く魔法の飲み物みたいなところがある。僕以外の三人はお酒を飲むにつれて、どんどん表面的ではなく、もっと心の奥で会話しているような感じになってきた。

光さんも幸さんもいろんな質問を桃子さんにする。やがて、話題が僕の父親のことに向いていく。

「あの、リクのお父さんはどうして……」

酔っているにもかかわらず、いつもの光さんらしくない遠慮がちな言い方をした。桃子さんは、一呼吸置いて、微笑みながら話し始めた。

バブル景気が弾けて、「あの時代は何だったのだろう?」と、人々が幻想を見ていたかのような気分になっていた九〇年代半ば。桃子さんと結婚してからすぐに僕の父親は脱サラして、築地で喫茶店を始めた。東京都中央区にあるあの有名な築地市場の場外商店街にある、広いけど古い店を借りたそうだ。喫茶店を開くのは長年の彼の夢だった。

歴史のある築地市場は、新参者を受け入れたがらないみたいな微妙な空気があり、僕の両親は、古くからそこにいる人たちの仲間入りをすることがなかなかできなかった。当時は今のように築地が大々的に観光地化される前だったから、一見《いちげん》のお客さんはもちろんのこと、築地の市場で働く人もその喫茶店にまったくお客さんとして来てくれなかった。イジメと呼ぶほどではないが、築地の人々は僕の両親に自分達の方から歩み寄ってはくれなかったらしい。歴史のある商店街で、明らかによそ者扱いだったという。

それでも両親は必死にそのコミュニティーに溶け込む努力をしながら、築地の場外にも場内にも二人でお店の宣伝をして回った。相手にされなかったり煙たがられたり、目を合わせてもらえなかったりしたこともあった。もうどうすることもできないような赤字の月が続き、貯金を崩しながらそれでもあきらめずに毎日毎日、市場が休みの日曜日も休日も、美味しいコーヒーを出す喫茶店が少しでも築地の人たちから認めてもらえるように笑顔で懸命に頑張った。

そのうち、一人二人とお客さんが来てくれるようになり、そのお客さんが新しいお客さんを呼び、徐々に、本当にゆっくりじわじわと店は活気を帯び出した。最初は、取り付く島もないような対応だった市場の人たちが、だんだん僕の両親を同じ街で働く仲間として認めてくれ始めた。やがて、早朝から夕方までお客さんで溢れるような店になり、飲み物と食べ物の種類を増やし、毎月の売り上げが黒字になったので、数人のアルバイトを雇うまでになった。

「このお店を始めて本当に良かったねなんて二人で言い合い始めて、金銭的にも精神的にも余裕ができた頃にリクがお腹の中にいるのがわかったの」

酔いが醒め始めたのか、桃子さんがしんみりとした顔で言う。光さんと幸さんは一言も口を挟まず真剣に聞いている。

お店は繁盛しているし、念願の子供はできたし、両親が幸せの絶頂を心から喜び合っていたとき、その悲劇は起こった。

築地場外市場商店街を走っていたターレットトラック（荷を積んで築地の場内・場外を走る三輪の小さなトラック。通称・ターレ）に小さな女の子が轢かれそうになり、その少女を助けるために駆け寄った僕の父親は、少女を抱き上げてターレから離れた場所に降ろした瞬間バランスを崩して倒れ、頭をターレの前輪部分に突っ込んでしまい、そのままそのタイヤに頭を押し潰され即死した。助けた女の子は近所で乾物屋を営む夫婦の娘で、家族揃って喫茶店の常連客だった。

「ドラマか映画みたいでしょ？　でも、嘘みたいなホントの話。あれは悪夢だったなぁ。もう誰を恨むわけにもいかないし、リクがお腹の中にいなかったら自殺してたかもしれない。あのときの私、よくぞ立ち直ったな！　って感じよ。私さ、『女は自分で思い出を作りたがるようになったらお終《しま》い』っていつも思ってきたんだけどさ、その喫茶店の名前が『オペラ』だったから、この店の名前も『オペラ』にしたの。あっ、ごめん、なんか湿っぽくなっちゃったわね」

母子家庭って言うと、借金や浮気や酒やギャンブルでダメになった男親を想像しがちだけれど、僕の父親はそんな風に、勇敢な英雄のように涙ぐましくも男らしく死んだ人だったんだ。僕が生まれる前に死んでしまったから、父親との思い出は一つもないけれど、そのエピソードや桃子さんがたびたびしてくれる思い出話が素晴らしい父親像を僕に描き続けてくれている。

改めて振り返ると、今までの僕の人生にすごく悪い人ってまるで登場していないなあと、他人事みたいに思う。まだ十八年だけれど、僕は自分のことを恵まれてないなぁとか不幸だなぁと思ったことはただの一度もない。

ずっと口を閉ざしながらも飲み続けていた光さんがベロベロに酔って呂律の回らない口調になりながらも、

「リク、いい父親らったんらなぁ。今の桃子さんの話らけれカッコイイ父親らったってわかるよ」

酒のせいなのか泣いているのか、目を真っ赤に充血させて僕の肩を抱く。

幸さんは、光さんより酒が強いらしく、ほっぺたをほんのり桃色に染めながらうなずいて、

「リク！　大好き！　私今日からリクのお姉ちゃんになる！」

僕をギュッと抱きしめた。いい匂いがする。あまりにも強く抱きしめるからオッパイが当たっている。急にドキドキ、ドキドキした。

「ねえ、お腹空いたでしょ？　築地時代からのオペラ名物、スパゲッティオペラポリタン作ってあげるわね。リクの大好物なのよ」

桃子さんは再び穏やかな顔に戻って、カウンターの中に入りスパゲッティを作り始めた。

そう、オペラポリタンと呼ばれるそれは僕の大好物だ。ただし、味はそこら辺の洋食屋のスパゲッティナポリタンと何ら変わりはない。

次の日学校へ行くと、

「ねえ、最近あんた、公園で踊ってなくない？　塾の帰りにあの公園の前を通っても、全然リクのこと見かけないんだもん」

真友良が探るように聞いてきた。

「ああ、最近ちょっといろいろあって忙しいから」

わざと言葉を濁す。

「えっ、何？　あんたまさか彼女とかできたんじゃないでしょうね？」

「そんなんじゃねーよ」

真友良は小蠅みたいに僕にまとわりついてきた、マジうっとうしい。

十八年間の人生で僕にも彼女らしき存在が二人ほどいた。

一人目は中学二年生のとき。ダンススクールで一緒にレッスンを受けている同い年の子だった。おとなしくて恥ずかしがり屋で、笑顔が可愛い色黒の子だった。きっとこれが恋というものなんだと思って、「付き合おう」と僕の方から言ってみたが、何を話していいのか、何をしたらいいのか、そもそも付き合うってどういうことなのかがその頃の僕には皆目見当もつかず、ただダンスのレッスンのあとに駅までの道を一緒に帰ったり、コンビニのイート・イン・コーナーで二人でジュースを飲んだり唐揚げを食べたりしながら、学校での出来事やテレビ番組の話なんかをボソボソと話し合った。一緒に笑ったり泣いたり、そんなことがほとんどなかった拙い付き合いは、ほんの数カ月後、彼女がダンススクールに来なくなった時点で自然消滅した。淡い淡い思い出だ。

二人目の彼女は二年前、僕が高一のときにできた。ダンスに夢中になりすぎて、「将来は絶対にダンサーになる」って決めた頃。彼女は一つ年上の高校二年生だった。

このときは相手から「メルアドを教えてほしい」と言われ、教えたら毎晩メールが来るようになり、メールの中にどんどんハートマークが増え、ある日、『私のこと好き?』と書かれていたので、『多分』と返信すると、『きゃあ嬉しい! じゃあ私たち付き合ってるんだよね』と、僕が何も言っていない内に交際が始まっていた。

とても綺麗な子だったし、よく喋る明るい人気者だったし、僕も彼女の一人くらい欲しかったし、別に拒む理由が見つからなかった。けれど、その子は、毎日恥ずかしいくらい手の込んだキャラ弁を作ってきたり、お揃いの携帯ストラップを買ってきて僕にも付けさせたり、休み時間のたびに僕の教室まで来たり、校内で手を繋ぎたがったり、なんだかちょっと面倒くさい人だった。

特に放課後、毎日のようにどこかへ行きたがり、当然と言えば当然なのだが、「高校生カップルの定番」みたいなことを全部網羅しないと気が済まない性格だった。僕はその頃は毎日アルバイトをしていたし、空いている時間はとにかく一分一秒でもダンスの練習にあてたかった。だから、彼女の誘いの一つ一つ全てがかったるかった。半ば強引に湘南へ行ったときに、僕が早く帰りたがったら、

「リクは冷たい。自分のことばっかり考えてて、私のことなんて全然考えてくれてない。リクは自分が大好きすぎて、他の人のことを幸せになんてできないんだよ！」

彼女は泣きながらそんな大人の女のセリフみたいなことを言い、

「もういい。別れよう」

と、僕の顔を両手で挟み、唇に思いきりキスをして、そのまま走り去って行った。

それからは学校で会ってもシカトされた。ファーストキスと共にその恋は終わった。全然辛くなかった。むしろ、ホッとした。ああ、僕ってろくな恋の思い出がない。


一週間のうちで一番好きな金曜日。桃子さんが、

「広島に行ってたお客さんにすごく新鮮な牡蠣《かき》を貰ったから、光くんと幸ちゃんに持って

行ってあげて」

と発泡スチロールのケースに入っているたくさんの殻つきの生牡蠣を箱ごとくれた。桃子さんは去年生牡蠣を食べて食中毒になってしまい、それ以来決して牡蠣を食べない。

『新鮮な牡蠣がたくさんあります。桃子さんが光さんたちに貰ってほしいそうです』

光さんにメールしたら、

『マジ？　俺も幸も牡蠣大好き！　今日は仕事が終わったらすぐに帰宅するよ』

と返ってきたので、その日の夕方、牡蠣を箱ごと持って光さんちに行った。いつも手ぶらで光さんちに行っているので、こんな感じで何かを届けるのが少し嬉しかった。桃子さんに感謝だ。

牡蠣の箱を開けた光さんは、

「すげえ！　めちゃくちゃデカイ牡蠣じゃん！　鍋しようぜ、牡蠣鍋!!」

目を見開いて、本当に感動しているように言い、すぐにキッチンの棚から大きな土鍋を取り出した。僕も生牡蠣はそんなに得意じゃないが、鍋は大好きだ。

光さんちに来るようになってから、すき焼きとか鍋とか今までにあんまり食べる機会がなかったものを楽しく食べれるのがめちゃめちゃ嬉しい。牡蠣以外の材料は、まだ仕事中の幸さんが施術帰りに買ってきてくれることになった。

「幸が帰って来る前に牡蠣の準備をしよう」

光さんと一緒に牡蠣の身を殻から一つ一つ外していく。小さな包丁使いのコツを覚えると、すごく簡単に牡蠣の身が取り出せる。

「あっ、冬季限定の牡蠣バーガーってどうだろう？　ちょっとこの牡蠣二、三個使わせてもらう」

そう言って光さんは、冷凍してあったバンズをオーブントースターで焼き、バターでソテーした牡蠣をそれに挟んだ。

「あっ、イマイチだな。ベチョベチョするし、牡蠣に合う野菜とかソースを工夫しないとダメだな。牡蠣をフライにした方がいいかもな。リクも食ってみて」

僕に食べかけのハンバーガーをくれた。ひと口齧《かじ》ると、まずくはなかったが、海の匂いが少々強烈すぎる。それにしても、牡蠣バーガーを作ってるときの光さん、すごく真剣で、いつもよりずっとキリリとしていた。


全ての牡蠣の処理が終わって、テーブルに食器を並べていたら、

「ただいま……」

幸さんが帰ってきた。両手にスーパーの袋を持ち、そこからネギや大根が飛び出している。なんだか様子がおかしい。

「おかえり！」

「おかえりなさい」

光さんと僕が同時に言うと、幸さんはためらいがちに後ろを振り向いた。そしてその瞬間、僕は心臓が口から飛び出しそうになった。幸さんの背後からひょっこり顔を出したのが、まさかの真友良だったからだ。なんでだよ!?


施術を終えた幸さんが、急いでスーパーに行き、鍋の具材を買って帰ってきたら、マンションのエントランスでウロウロしている見慣れない女子高校生がいたらしい。とても可愛い顔をしているし、不審者には見えない。何だろうと思って声をかけたら、

「このマンションに幼なじみ……って言うか、親友が入って行くのを見たんです！」

よくよく見ると僕と同じ高校の制服を着て、学校指定の同じバッグを持っている。

「もしかして、リク？」

と聞いたら、

「そうです、そうです！　大親友なんです！」

その女の子は答えた。お人好しの幸さんは僕の「大親友」だと知って、

「あっ、今日、うちでリクと鍋をするんだよ。良かったら一緒にどう？」

そう誘った。幸さん……余計なことを……。そもそも、誰が俺の親友だって？　ただの

幼なじみ、しかもかなりうっとうしい、じゃないか。真友良も真友良だ。普通、いきなり他人の家に誘われてもいけしゃあしゃあと上がり込んで来ないだろう。遠慮するだろう。

「私さ、この子見たときに、こんなに可愛い幼なじみで親友がいるなんて、リクやるなぁと思って、嬉しくなっちゃって誘ったの。本当に綺麗な顔！　私の経験からすると、ブスな子より綺麗な子の方が絶対に性格がいいんだもん」

まるですごく愉快なことを決行したみたいに言う幸さん。

幸さん、違うんだ！　こいつは俺の親友なんかじゃない！　そう叫びたかったが、突然の真友良の出現にあまりにも驚きすぎて、僕は一言も発することができずにいた。すかさず、

「真友良って言います。お邪魔しまーす！」

真友良は、自分が一番可愛く見える笑顔を瞬時に作って、のこのこリビングルームに入ってきた。

ダンスをしているときと同じくらい大切で充実している時間、大好きな光さんと幸さんとの時間に、こともあろうに真友良がズカズカと侵入してきた。こいつ、絶対に学校から僕のあとをつけて来たんだ。どうりで今日、学校で最近の僕のことをそこまでしつこく聞いてこなかったわけだ。昔から僕のことをホントになんでもかんでも知りたがる。自分の

ことを僕の保護者みたいに思ってるふしがある。もしかしてこいつは僕のことを好きなんだろうか？　まさかな。まあ、たとえ僕が、「真友良、僕のことを好きなわけ？」と聞いたとしても、「死んで！　そんなことあるわけないでしょ。キモッ‼」とかなんとか言うに決まってるが。

「うわぁ、素敵なお部屋！　それに美味しそうな牡蠣！　私、牡蠣が大好きなんです。鍋の支度、私も手伝います！」

緊張の「き」の字もなく、遠慮の「え」の字もなく、真友良はさっきよりももっと可愛い笑顔を作って、幸さんを見た。光さんは光さんで、突然の美少女の登場に、照れているような嬉しいような表情を浮かべていた。ああ、真友良、お願いだから消えてくれよ！

幸

真友良は目が覚めるような美人だった。「真友良」なんて今めかしい名前がこんなにしっくりくる子も滅多にいないだろう。

マンションのエントランスですごくきりっとした顔でたたずんでいるのを見た瞬間に、

「ずいぶん綺麗な子だなあ。モデルかなんかかなぁ」と思わず見とれてしまったほどだった。パアッと花が咲いたような女子高生の来訪に、光は案の定、デレデレしている。平静を装っているけれど、私の目はごまかせない。


四人で鍋を囲みながら、さりげなくリクと真友良の様子を見ていると、

「ほらリク、これあんたの好きな豆腐」

真友良は豆腐をすくってリクの取り皿に入れる。リクがそれを無言で受け取ると、

「ちょっと、お礼くらい言いなさいよ」

とふくれつつも、その豆腐を食べてるリクを見て満足そうに微笑む。

逆にリクは、いつもの無邪気さが皆無で、なんだか不貞腐《ふてくさ》れた表情を浮かべている。真友良をうちに招いたのは失敗だったのかしら……。

それにしても真友良、リクに惚れてるな。十代ってわかりやすい。言葉にはしないし、おそらく必死で隠しているんだろうけど、リクを好きって気持ちがだだ漏れよ。プラス女の勘で、この子はずっと昔からリクだけを好きなんだろうなぁと思う。リクの一挙手一投足を一つも見逃さないように見守る感じ、ときどき警戒心たっぷりで私を盗み見る感じ、こっちが恥ずかしくなっちゃうくらいリクへの興味が強い。

可哀想だが、リクは真友良に全く関心がない。つっけんどんな態度で真友良を邪魔だと

思っている。二つの相反した感情。「青春」と書いて「もどかしい」と読む。甘酸っぱいなあ、この無垢な美少年とツンデレ美少女。

食後、「美味しいコーヒーが飲みたい」と光が言い、まだそんなに遅い時間ではなかったので、みんなで近所にあるカフェに行くことにした。本当だったらオペラに行きたかったが、開店直後ならともかく、こんな時間に制服姿の二人を酒場に連れていくのはさすがに気が引けて、私と光の行きつけのカフェを選んだのだ。マンションを出ると、

「お前はもう帰れよ。門限あるんだから」

リクが真友良を追い払おうとしている。

「私の門限九時だもん。ま〜だま〜だ時間があるもん。私、なんかスイーツが食べたいなあ」

真友良は、リクではなく私の腕に自分の腕を絡ませ、リクに背を向けた。都合のいいときだけ年上の女をちゃっかり味方につける真友良。ま、そこも可愛い。

カフェ&ギャラリー『ラ・ブレア』は、私たちの住むマンションと最寄り駅のちょうど中間に位置し、朝から夜中まで開いていて、私と光はしょっちゅうここで食事をしたり、お茶を飲んだり、お酒を飲んだりしている。

週末ということもあり、今夜はかなり混んでいる。ラッキーなことに奥の四人がけのソ

ファー席（私が一番好きな席だ）がちょうど空いたところで、私たちはそこに案内された。真友良はリクの隣に座ろうとしたが、リクはナノセカンドの速さで光の隣の席に腰を下ろした。

飲み物が運ばれてきて一息つくと、店内に流れる音楽を聞きながらリクが縦ノリにリズムをとっている。その動きが本当にダンサーっぽくて、なんかリクったらカッコいいなぁと思わず見とれてしまった。隣の真友良が目ざとくそれに気付き、ストローをくわえながらまたまた警戒心たっぷりの目で私を見た。おお、怖っ。

「この店の音楽、いいですねぇ」

何にも気付いていないリクが光に話しかける。

「これ、なんていう曲?」

すかさず聞く真友良。

「ロビン・シックの『ブラード・ラインズ』。お前、そんなのも知らないんだ」

ちょっと得意気に真友良を小馬鹿にするリク。今のこの子の頭の中には、物欲や性欲が入り込む隙がないくらいダンスや音楽が占めているんだと改めて気付く。清々しいなぁ。

「ロビン・シック、ロビン・シック。なんとかラインズ。あっ、あった!」

口の中でそう呟きながら、真友良は携帯電話でロビン・シックの『ブラード・ラインズ』を早速ダウンロードしている。これでまた彼女にはリクと共通の、リクと繋がることのできるアイテムが一つ増えた。恋ってそういうものだ。好きな人が好きな物事を知って、自分もそれを好きになる。なつかしいなぁ、こういうひたむきな感じ。それにしてもリク、私と光と三人でいるときのあの純朴な感じが、真友良がいると全然なくなってしまう。いつもより大人っぽくなる。まあ、高校生なんてそんなもんよね。同年代がいるとちょっぴり虚勢を張りたくなるわよね。

アイスコーヒーを飲み終わった光がモヒートを注文したので、私も同じものを頼む。この店のモヒートはミントの葉がこれでもかっていうくらいわしゃわしゃ入っていて、密かに私は「東京一のモヒート」だと思っている。リクはアイスミルクティー（可愛いなぁリクは）、真友良はローズヒップのハーブティー（女子力高し）を飲んでいる。

ふと店内の壁に飾られている写真を見つめて、「あっ」と言うリク。音楽に合わせて揺れていた身体がピタリと止まる。このカフェ『ラ・ブレア』はギャラリーも兼ねていて、一カ月ごとに壁に飾られている写真や絵が総取っ替えされる。今月は、様々なオーロラの写真が十数枚額に入って飾られていた。

「何よ、リク。どうしたのよ?」

急なリクの変化に関心を示した真友良が聞く。リクは真友良には目もくれず、私と光を交互に見ながら身を乗り出して、

「僕、ダンスで成功すること以外にも夢があるんです。オーロラを見たいんです。昔っから星とか月とか夜の空で綺麗なモノが輝いてるのを見るのが異様に好きで。オーロラだけは見たことがないから。それに、桃子さんの話だと、僕のお父さんもそうだったみたいで……」

そう言って、それからしばらくリクにしてはかなり饒舌に父親とオーロラにまつわる話をしてくれた。

亡くなったリクのお父さんは、桃子さんと結婚する前に、外国に行ってオーロラを見た経験があった。彼は天体観測が趣味でしょっちゅう夜空を見上げていた。築地の喫茶店が繁盛していた頃、彼が亡くなる数週間前に桃子さんが「ねぇ、あなたが今一番欲しいものって何?」と尋ねたところ、「すごく高い天体望遠鏡」と即答したそうだ。そして、「お腹の子が生まれて大きくなったら、いつか桃子とその子にオーロラを見せてあげたいな。あんな不思議な光、見たことがないんだ」と言っていた。「まだまだ先の話ね」と桃子さんがちょっと呆れると、「それまでにもっともっと店を繁盛させて、金を貯めないとな」そう言って笑っていたという。

「桃子さんって、現実的じゃないものにあんまり興味がないから、そのときの父親の話をちゃんとおぼえてなくて。僕が、お父さんはどこでオーロラを見たんだろう?　って聞いても、『なんか上の方の国だったような。ロシアとかウクライナとかそこらへん?』って全然頼りになんないんですよ。僕にとったらそのオーロラの話って、ちょっと遺言みたいっていうか、ものすごい大事な話なんですけど。僕が昔っから晴れた夜の空を見るのが好きなのって、お父さんの遺伝だよなぁなんて思うこともあったりするのに」

リクはちょっと照れくさそうな顔をした。すると、それを聞いていた光が、

「俺、オーロラ見たことあるよ。しかもリクよりも若いときに」

突然そんなことを言ったのだった。


二十年近く前、ブルーミング・バーガーの人気メニューの「フレッシュフィッシュバーガー」に使っていた白身魚の値段が高騰し、光のお父さんは様々な伝手《つて》を使ってどこかに安くて美味しい白身魚を仕入れられるところがないか調査した。その結果、北欧のアイスランド共和国が、新鮮で上質な白身魚をとても安い値段で欧米各国に輸出していることがわかった。暖流と寒流がぶつかって潮目を作っているから、アイスランド付近の海域は世界有数の漁場となっているそうだ。

いてもたってもいられなくなった光のお父さんはアイスランドの漁業組合に直接交渉すべくその地へ渡った。光のお父さんは息子をいろんな国に連れて行って、いろんなものを見せてあげたいと常々思っている人だったので、ちょうど冬休みだった光も大喜びで父親

に同行した。

成田を飛び立ち、直行便はなかったので、まずはニューヨークへ行き、次にデンマークの首都コペンハーゲンでトランジットし、ほとんど丸一日かけてアイスランドの首都レイキャビクの空港に到着した。

「当時、子供だったからアイスランドって国のこと何にも知らなくてさ、しかも行ったのが冬だったから、イヌイットみたいな人たちが暮らしてる雪と氷しかない国？　みたいに思ってたんだよ。で、空港に着いたら案外近代的な空港で、そこからレイキャビクのダウンタウンに行ったら妙にオシャレでちゃんと都会でびっくりしたんだよな。覚悟してたんだけど、想像してたほど寒くなかったし。しかも、街の人たちが『なんで？』つーくらいみんな優しくてさ。あとで知ったんだけど、アイスランドって政治の汚職はほとんどないし、とにかく治安がよくて、すごく平和な国なんだって」

当時のアイスランドにはアジア人がほとんど住んでおらず、関下親子が街を歩くととても物珍しそうに見られたらしい。厳寒の地に暮らす人々は、さぞ厳しい寒さに顔をしかめて暮らしていると思いきや、いざ話しかけてみると、皆、本当に優しくてフレンドリーな人たちだった。

公用語はアイスランド語なのだが、独特な息遣いと発音で発するその言葉は全く理解不能で、光もお父さんも閉口したという。ただし、アイスランドでは小学生のときから英語とデンマーク語を習うので、住んでる人のほとんどがアイスランド語とデンマーク語と英語を話せるトライリンガルとのこと。漁業組合のようなところで父親が仕事の話をしている間、男女問わずその組合の若い人たちが英語で話しかけてきて光と一緒に遊んでくれた。アイスランドは捕鯨国で、鯨を食べる。他にも食文化が日本に似ていて、様々な魚料理が本当に美味しかったそうだ。

「食べるものがほとんど旨かったんだけど、羊の肉だけは無理だったな。俺、ほとんど好き嫌いないのに、アイスランドで食べた羊の頭の丸焼き、あれだけはもう一生食いたくない」

アイスランドの思い出を次々に語り始めた光にリクが、

「で、光さん、オーロラは？　オーロラはいつ見たんですか？　どんな感じだったんですか？」

少年の目に戻ってオーロラの話を急かした。

「なんだよリク、あせるなよ。オーロラはなぁ、現地の人、多分漁業組合の人だったと思うんだけど、その人が最初の夜に『せっかく来たんだから』って、ちょっと郊外の方まで連れてってくれてさ、そこで見たんだ」

街を抜け、郊外へ出ると、すぐに車のライト以外は完全な暗闇の道になる。そこからどんどん道が悪くなり、建物がほとんどないような広い丘のふもとで光は初めてオーロラを見た。

「なんつーか、オーロラの感想って言葉じゃ伝えづらいんだよ。多分、リクの親父さんもそうだったんじゃないかな。とにかくびっくりして圧倒された。何なんだこれは？　って。ここに飾ってある写真もそうだし、よくテレビとか雑誌とかで見るオーロラってさ、何もないような土地の空に緑色でドレープ状のカーテンみたいに広がってるじゃん？　でもさ、それだけじゃないんだよ。アイスランドってオーロラを観測できる地域のオーロラベルトっていうゾーンの真下に位置してる国だから、すごくオーロラを見やすいんだよね。最初の夜は、郊外まで行ったけどさ、一番栄えてる街の上空に、しかも夕飯の時間帯とかにも普通にオーロラが見えたりもしたし、ホテルのベッドに寝転がったとたん窓の外にオーロラが見えた夜もあったよ。俺があまりにもオーロラに狂喜してるから、アイスランドの人たちも喜んでくれてさ、毎日毎日、『今日はどこそこで見える』って、俺をオーロラが見えるとこに連れてってくれたりしたんだよね。親父が仕事関係の人と夕飯を食ってたり酒を飲んでるときも、俺だけを誘ってオーロラ観測をさせてくれたんだ」

リクの瞳がキラッキラになる。光がロスのサウスセントラルに行ったことがあると話したときも同じように瞳を輝かせていた。光の話に夢中になりすぎてリクのアイスミルクティーは氷がすっかり溶けて二層になってしまっている。

「時期もよかったんだよね。だって俺、アイスランドに滞在中にマジで毎晩オーロラを見たもん。しかもさ、毎晩、色や形状が様々なんだよ。緑だったり青だったり黄色だったり、ピンクっぽいときもあった。翼みたいな形、冠みたいな形、ただの帯状に広がって天の川みたいに見えるときもあった。絶対に音なんか鳴ってないのに、シャラシャラ〜、キラキラ〜みたいな金属音っぽい音が空耳で聞こえちゃうくらい壮大で繊細で、生き物みたいに見えたなぁ」

あまりにもリクがうっとりと心酔しながら光の話を聞いているので、私までオーロラが見たくてたまらなくなった。真友良も、

「いいな、いいな、私もオーロラを見てみたい！」

と、だだっ子みたいな声を出している。

「とにかくさ、上手く説明できないけどさ、オーロラっていっつも違う色で形で、なんかさ、人間の感情そのものみたいなんだよ。喜怒哀楽全部を表現してるみたいな風に見えてたんだよね、当時の俺には」

今夜は、もっと光のアイスランド話を聞きたい。もっと聞かないとオーロラの様相が今一つつかめないんだもの。真友良はともかく、リクも間違いなくそう思っている。ところが、話しながら短時間で何杯もモヒートを飲んでいた光の顔が急にトロンとしてきた。モヒートは爽やかで飲みやすいため、ラムを使った案外強いカクテルだということを忘れて

ついつい飲み過ぎてしまう。

「ちょっと！　今夜は酔わないでよ！　たまには大人らしくこの青少年二人に素敵な思い出話を語ってあげなさいよ！」

叱責まじりに光を揺さぶり、光からグラスを取りあげて、「すいませーん、アイスコーヒーください」と、ウエイターに言う。光は、

「わかってる、わかってるって」

と言いながらも、かなり眠そうだ。リクは呆けたような顔で、壁に飾られているオーロラの写真を再度舐めまわすように見ている。

「わあ、楽しそう！　アイスランドって青い色の温泉やすごく綺麗な滝がたくさんある。なんか童話に出てくる国みたい。見て見て！」

携帯電話でアイスランドを検索していた真友良がリクに画像を見せようとするが、リクは相変わらず壁を見上げたままだ。

「ねぇ、しかもオーロラって英語じゃないんだね。オーロラは英語だと『Northern lights』だって」

真友良は、あきらめずに次々にアイスランドに関するあれこれをリクにぶら下げる。しかし光の実体験の神秘性にはどうやっても勝てない。必死の真友良にまるで食いつかないリク。

Northern lights……。「北の光」か。ん？　きたのひかり。きたのひかる。

「ねぇ、リク！　リクの名字って何だっけ？」

私が急に大きな声で聞いたので、ビクッとして私を振り返るリク。リクよりも先に、

「北野です！」

真友良が答える。

「ねぇ、ってことはさ、北野リクと関下光。二人の名字と名前をくっつけると『北野光』で、オーロラって意味になるよ！　すごくない!?」

二人の名前とオーロラの共通点に気付き、今世紀最大の発見をしたかのような大声を店中に響き渡らせて、私はそう叫んでしまっていた。私も案外モヒートにやられてしまっていたのかもしれない。ただの偶然に、ものすごい運命を感じて光よりもリクよりも私が一番興奮してしまっていたのだから。

光

『ラ・ブレア』でアイスランドの思い出を話していたら、懐かしい気持ちがググッと込み上げてきた。特にリクは溢れんばかりの好奇心を瞳に集結させて、矢継ぎ早にいろいろ聞いてきた。

リクは、自分が興味のある物事に関して俺が話すと、いつもフクロウみたいな目をする。クリクリで可愛い小動物だが、実はギラギラの猛禽類。おかげで俺は、アイスランド旅行の、すっかり忘れてしまっていたようなことまで思い出していた。


ブルーラグーンと呼ばれる真っ青な温泉、火山が活動しているためいたるところからプシューブシューと飛び出すゲイシール（間欠泉）、身が引き締まるくらい滔々《とうとう》と流れ落ちる大小の滝、氷河が湖に崩れ落ち不思議な青い色の氷山や流氷となって浮かんでいる氷河湖、そして夜空を支配していた圧巻のオーロラ。

壮大な自然が描き出す不思議な景観だけではなく、アイスランディック・ホースと呼ばれる足が太くて短いアイスランド特有の馬がいたこと、通貨単位はクローナと呼ばれ五種類ある硬貨には魚やイルカやカニが描かれていてめちゃくちゃポップだったこと、野菜があまり新鮮ではなかったこと、けれど小さなレストランの魚のスープが今でも忘れられないくらい美味しかったこと……二十年近く前のことだとは思えないくらいに鮮明にフラッシュバックした。

それにしても、アイスランドという国は強烈に幻想的な国だった。親父にくっついていろんな国へ行ったけれど、一番神秘的で一番不思議な国がアイスランドだった。リクの瞳の中にあの日の自分が映って、俺はなんだか無性にまたアイスランドへ行きたくなってしまった。

翌日は土曜日で学校が休みだったので、その夜リクは俺の家に泊まることになった。何度も来訪しているが、泊まるのは初めてだった。

「ちゃんと桃子さんにうちに泊まるって言えよ」

そう念を押すとリクは、

「はいっ！」

遠足に出発しようとする子供みたいにウキウキした顔をして桃子さんに電話を掛けた。

「光さん、桃子さんが光さんに代わってほしいそうです」

リクの携帯を耳に当てる。

「もしもし、光です。こんばんは」

「光くん？　リク、迷惑じゃない？　無理言ってない？」

「全然平気です。ウエルカムです。リクが泊まるって、俺と幸も修学旅行気分みたいで楽しいですよ」

本音だった。家族以外の誰かが俺たちの家に泊まるなんて初めてのことだ。

「ありがとう、光くん。じゃあお言葉に甘えて私も今日は彼氏の家にお泊まりしちゃおう！　あっ、リクには内緒ね。幸ちゃんにもくれぐれもよろしくね」

恥ずかしがる素振りもなく、桃子さんはそう言って電話を切った。

「リクばっかりずるいなぁ。いいなあ。私だけ家に帰るの、つまんない」

父親が厳しく門限がある真友良は、羨ましがりながらもちゃんと帰った。三人で真友良を駅まで見送り、真友良が改札の中に消えると、

「あー、やっと帰った！」

リクはいつものように、素直でちょっと子供っぽい笑顔をようやく見せた。

マンションに着き、

「ここで全然構いません」

と言うリクのためにソファーに寝床を作る。

「リク、シャワー浴びる?」

「はい! 浴びさせてもらいます」

リクをバスルームに案内すると、室内乾燥機のある風呂場に洗濯ものが干してあった。幸のパンツやブラジャーもぶら下がってる。

「あっ、失敬!」

慌てて洗濯ものを取り込む。それを見て妙に恥ずかしそうにしているリクに、

「ほら、これやるよ。まだ未着用だからさ。これに着替えなよ」

安物の白Tシャツとクロムハーツのボクサートランクスを渡すと、

「わっ、これクロムハーツじゃないですか! いいんですか?」

「いいよ。あげるよ。その代わり、パジャマは俺の着古したジャージな」

「やった! 憧れのクロムハーツ! これ僕の勝負パンツにします。まだそういうことしたことないけど、初めての勝負のときにはこれをはきます!」

こぶしを振り上げ、俺の目の前で素っ裸になり、嬉しそうに風呂場へ入って行った。さすが体育会系男子だ。それにしても、そっか……、リクってまだ未経験なのか。十八にしたら案外奥手なんだな。素直で純粋で明るくて爽やかで、リクの持つ独特のヴァージニティーの理由の一つにそれもあるんだ。リクの名誉のため、幸にはこのことを言わないでおいた。

俺のジャージを着ているのではなく、俺のジャージに着られているようなリクが濡れ髪でリビングに入ってきた。

「はい、リク、これリクの歯ブラシよ」

幸が新品の歯ブラシを渡すと、

「何から何までありがとうございます」

妙にゆっくりと頭を下げるリク。

「リクってたまにおじいちゃんみたいな仕草するときがあって、それが可愛い」

幸の言葉に、

「マジですか？　気をつけます」

と、少しだけ怒ったような少しだけ照れたような表情を見せる。

「いいんだって。そこもリクのチャームポイントだって」

幸が笑ってフォローした。

「一緒にすき焼きしたり牡蠣鍋したり、夜のカフェに行ったり、クロムハーツのパンツもらったり、こんなカッコイイ部屋に泊まらせてもらったり、なんか僕、光さんと幸さんに会ってから、初めての経験がたくさんでドキドキだらけなんです」

ああ、こいつのこういうところがいたいけで、もっともっと何かしてあげたくなるんだ。

リク、お前それ、人徳だよ。無意識に大人たちの曇りガラスをキュッキュッて拭いてくれてるんだよ。ものすごく長い時間歯を磨いているリクを見ながら俺はそんなことを思った。

俺も幸もシャワーを浴びて、三人ともパジャマ姿でリビングに座り、俺はビールを、リクはミネラルウォーターを飲む。幸は自分で自分の頭に鍼を刺している。

いつもは二人の夜が、三人になっただけで、家の雰囲気と空気がガラリと変わる。誰かが泊まりに来るって新鮮だ。

「あっ、リク、今日着てたTシャツとパンツ、洗濯機の中に入れておいて。明日一緒に洗濯しちゃうから」

鍼をぴょんぴょん揺らしながら幸が言うと、

「えっ、大丈夫です。明日家に帰って自分で洗います」

恥ずかしいのか、遠慮するリク。

「いいよ、リク。次に泊まるとき用にリクのパンツを一枚俺んちに置いておくよ。だから洗ってもらえよ」

「次に泊まるとき用」が効いたのか、リクはそそくさとリュックからTシャツとパンツを出して、洗濯機の中に入れに行き、すごく申し訳なさそうに、けれどどこか嬉しそうに、リビングに戻ってきた。

「よし、じゃあ、今日はみんな忙しかったからそろそろ寝よう。リク、ソファーに横になれよ、電気消すから」

「はい、おやすみなさい」

きっちり首まで布団を掛け、リクが目を閉じたので、

「おやすみ」

床暖房と照明を消し、俺と幸はリビングのドアを閉めて寝室へ行った。

寝室に入ると幸は鍼を抜き、

「明日、横浜で施術しなきゃなんないからもう寝るね」

先にベッドに入った。俺は、自分が寝る側のベッドサイドライトだけを点け、ルームライトを消し、まだベッドには入らずになんとなく窓辺に座って窓の外を見た。

秋の夜長、今夜の東京の夜空は黒と言うより灰色に近く、星は一つも見えない。それでもジィーッと空を見上げ、あの日見たアイスランドのオーロラの幻影を映しだす。目を閉じると、青緑の光がうっすらと広がった。


それから数日後の昼間、会社で仕事をしているとテラケンから電話がかかってきた。

寺本健介《てらもとけんすけ》、通称テラケンは、俺の中学生時代からの同級生で、ずっと仲がいい。若い頃からはしゃぎ屋ですぐハメを外すタイプだった俺と、冷静沈着でいつも成績がトップだったテラケンの何が和合したのかわからないが、気が付けば俺にとって「人生で唯一の親友」ってのは間違いなくこいつだと、大人になった今、思う。

「あのさ、近々時間ありますか？　ちょっと話したいことがあって」

珍しく折り目正しい感じで言うテラケン。

「今夜でもいいよ。俺、今日、六時には会社出れるから」

「あっ、マジ？　じゃあ六時半に『米山《よねやま》』でいい？」

米山は、俺とテラケンが二十歳くらいの頃、酒を本格的に飲むようになってから行きつけになった小料理屋で、カウンターとテーブル席二つの小さな店だが、出てくる料理が旨く、特に旬の新鮮な魚料理が食えるところが気に入っている。

少し遅刻して、六時四十分に米山の引き戸を開けると、いつもムッとした表情のおかみが「いらっしゃい」と無愛想に言った。このおかみ、「米山今日子《きょうこ》」という名前なので（壁に飾られている営業許可証を見て知った）、俺とテラケンは陰でこっそり彼女のことを「キョンキョン」と呼んでいる。

「あっ、生を一つください」

先に注文して、奥のテーブル席に目をやると、テラケンと、なぜか俺の妹の飛鳥が並んで座っていた。

二十年来の友人であるテラケンは、中学生時代からしょっちゅう俺の実家に遊びに来ていたから、俺の両親とも飛鳥とも同じくらいの年月の付き合いである。夏休みや冬休みに俺の家の家族旅行にテラケンが同行したこともあるし、俺とテラケンが大学の卒業旅行でヨーロッパを巡ったときに飛鳥がくっついて来たりもした。だから、テラケンと飛鳥が二人で並んで座っていることは、別に不自然でも何でもないのだが、それにしても今夜の二人は妙にかしこまっている。普段なら先に酒を飲み始めているのに、今日の二人の前にはお茶しか置いてない。

とりあえずテラケンと飛鳥のビールも頼んで乾杯し、料理を適当に注文する。お通しの鰯のなめろうに箸をつけ、「で、どうした?」とテラケンに聞くと、

「俺さ、つーか、俺達さ、結婚しようと思うんだ」

まっすぐに俺を見るテラケン。びっくりした。気が動転して狼狽した。目を白黒させて飛鳥を見ると、飛鳥は苦笑いを浮かべている。

「結婚って、テラケンと飛鳥が?」

かろうじてそれだけ言うと、

「俺もさ、いい歳だし、仕事もまあ順調だし、子供も絶対に何人か欲しいし、どうせこのまま飛鳥と付き合っていくんだからとっとと結婚しちゃおうと思って」

「えっ、つーか俺、テラケンと飛鳥が付き合ってることすら知らなかったし」

「はーっ、マジで？　嘘だろ？」

今度はテラケンがびっくりして目をパチクリさせている。すると飛鳥が、

「ほら、言ったじゃん！　お兄ちゃん、絶対に私たちのことに気付いてないって」

テラケンに向かって言い、笑いだした。

「テラケンは『俺たちが付き合ってることさすがに光はもう気付いてるよ』って言ってたけど、私、絶対に気付いてないと思ってたんだよな。お兄ちゃんってさ、男と女の機微みたいなことに本当に疎いから。ちなみに幸ちゃんはとっくに気付いてて、私がテラケンとのことを話したとき、『やっぱりね』って言ってたよ」

「寝耳に水」とはまさにこのこと。言葉が見つからない。

「あっ、でも幸ちゃんには『なんか恥ずかしいからお兄ちゃんにはまだ言わないでね』って私が口止めしてたの。だから、幸ちゃんを責めないでね」

飛鳥は少し勝ち誇ったような顔をしている。テラケンは「ゴメン、俺がとっとと光に言っておけばよかった」と、申し訳なさそうだ。

ものすごく喜ばしいことなんだと思う。親友と、どちらかと言えば兄妹仲がいい飛鳥が付き合っていて、しかも結婚するなんて。親友が義理の弟になるって、こんな面白くて最高におめでたいことないよ。とりあえず俺には何の異存もないし、反対する気も微塵たり

ともない。でもさ、もうちょっと前振りって言うか、心の準備をする時間がほしかったよ。軽いパニック状態に陥りそうにうろたえてるよ俺。

キョンキョンが次々に料理を運んできて、飛鳥だけがパクパクとそれを食べている。俺とテラケンの箸はいまいち進まない。

「親父とお袋は知ってんの？」

平静を取り戻そうと、飛鳥にそう聞くと、

「とっくに知ってるわよ。私がテラケンのこと好きだって最初に気付いたのお母さんだもん。しかも何カ月も前に。うちの両親とテラケンの両親と六人で食事したこともあるし、まだ何も決まってないから結婚の報告はしてないけど、双方の親が私たちは結婚するんだろうって思ってると思う。絶対に喜ぶよ。お兄ちゃんの一番の友達のテラケンと私が結婚するんだもん」

確かにテラケンは俺の両親にめっぽう気に入られている。学生時代、俺がどこに行くときも何をするときも、「テラケンくんが一緒なら安心」ってお袋は言っていたし。親父もテラケンのことを息子みたいに可愛がっていた。そう、テラケンは品行方正で生真面目に見えるから、親受けが抜群にいいんだ。親友の俺としては、そうじゃない部分も多々知ってはいるのだが。

「やっと結婚するんだね。これサービス。食べな」

まさかのキョンキョンがやにわに鯛の酒蒸しをテーブルにドンッと置いた。全くの無表情だが、これがこのおかみ流のお祝いなのだろう。おめでたい魚をいなせに振る舞ってくれた。「ありがとうございます」と頭を下げるテラケンと飛鳥。粋なことをしてくれるじゃねーかキョンキョン！

「もしかして、キョンキョンまでお前たちが付き合ってること知ってたの？」

小声でテラケンに聞くと、

「たまに飛鳥と二人でここに飯食いに来てたから、気付いてたのかもな」

と答えた。

「だからさ、気付かなかったのお兄ちゃんだけだって。テラケンも案外男と女のことに鈍感だけど、お兄ちゃんはかなりのもんだよね。二人が昔から仲がいいの、ホント納得できるわ。二人とも絶対に探偵にはなれないタイプ」

何も言い返せない俺とテラケンをよそに、飛鳥は鯛の酒蒸しを食べて、「すごく美味しいです」なんてキョンキョンに言っている。キョンキョンは、当たり前だろみたいな顔で「うん」と頷いた。

それにしても俺だけ知らなかったなんて……。気付かなかった方がおかしいと言われればそれまでだが、なんか自分だけ除け者にされているようなおぼつかない感じだよ。

そんなこんなで、俺の妹と親友がめでたく結婚する運びとなった。

派手な洋服やアクセサリーが好きなのに、人前で華美なことをするのが苦手な飛鳥の希望で、結婚式は身内だけで質素に挙げるらしい。

「お兄ちゃん、ごめんね、お先です。まぁ、どうせお兄ちゃんも幸ちゃんと結婚するんでしょ？　お兄ちゃんも幸ちゃんも変わってるからこれ以上しっくりくる相手一生見つからないだろうし」

うっ……。「地縛霊」なんてあだ名だった一番変わり者の妹に妙なプレッシャーをかけられてしまった。

話を聞いた直後だからかもしれないが、今夜の飛鳥とテラケンはいつもよりスキンシップが多いような気がする。

子供の頃から末っ子気質の飛鳥は、家では全部お袋任せで何にもやらないくせに、今夜は甲斐甲斐しくテラケンにお酌したり、料理を小皿に取り分けたりしている。なんだか目のやり場に困って、俺は日本酒を注文し、クイックイッとあおった。ようやく湧きでてきた食欲に任せ、米山の美味しい料理も食いまくった。結婚なんてまだまだ先と考えたこともなかったが、俺もそういう歳なんだなと、目の前の二人に尻を叩かれた気がした。いつもなら日本酒を飲むとすぐに酔いが回るのに、今日はちっとも酔えず、けれど妙な片頭痛がある。「帰ったら幸に鍼をやってもらおう」、相変わらずしっくりこない気分でぼんやりとそう思った。

帰宅すると、リクがまた遊びに来ていた。幸と二人でテレビゲームをしている。最近じゃ、リクが家にいることの方が自然で、帰宅してリクがいないと物足りない気がする。

「おかえりなさい!!」

姉と弟のような二人が声を揃える。こちらを見ずに、テレビの画面を見ている。

「あのさ、テラケンと飛鳥が……」

俺が言い澱んでいると、

「えっ、別れたの?」

ゲームを一時停止して幸が危機迫った顔でこちらを振り返った。

「やっぱ知ってたんだ、あいつらが付き合ってること。俺、全然知らなかったよ」

「えっ、嘘でしょ? 気付いてなかったの? 信じられない。で、どうしたの二人。なんかあったの?」

「結婚するってさ」

「あっ、なーんだ。そうなんだ。ようやくだね。良かった、良かった」

幸は全く驚かずにそう答え、再びゲームを始めた。そっか、やっぱりまるっきし何にも気付いてなかったのは俺だけか。

「幸、俺、ちょっと頭痛いんだけどさ、鍼やってくんない？」

「ちょっと待ってて、今いいとこだから」

こちらを見もせず、「あっ、リク、強いなぁ」なんて笑っている。

とりあえず部屋着に着替え、冷蔵庫へ行き、水をゴクゴク飲んでいると、ゲームが終わったらしい幸が、

「あのね、光の妹で私の友達でもある飛鳥がね、光の親友のテラケンくんと結婚することになったの」

リクに説明しているのが聞こえた。

「そうなんですね。素敵ですね」

「それにしても、まさか光が今日まであの二人のことに気付かなかったなんて。そっちの方がびっくりだわ。随分前から付き合ってたんだよあの二人。光、鈍感だなあ」

ん？　なんかムカついてきたぞ……。

そこへ更にリクが拍車をかけるように、

「あっ、光さん、お人好しだから人間関係とかにちょっと疎そうですもんねぇ」

大人ぶった口調で言ったもんだから、頭にカッと血が上ってしまい、

「おい！　ガキが一人前の口きいてんじゃねーぞ。ついこの間知り合ったばっかのお前に俺の何がわかるっつーんだよ！」

大人げないってわかっていながら、どうにもこうにも腹が立って、キッチンからリクを罵倒した。リクは唇を噛んで、顔を真っ赤にしてうつむいている。

「ちょっと、光！　何なのよ？　なんでそんな言い方すんのよ！　リクが可哀想じゃない！」

幸が大声を出したので、負けじと、

「うるせー！　何なんだよお前ら、二人で俺を馬鹿にしやがって！」

更に声を荒らげて怒鳴った。

「すいません、僕……」

リクが小さな声で謝ろうとすると、

「リク、謝ることない！　何も言わなくていい！　光が幼稚すぎるの。今、キレる意味がわからない。大人になると心の容量がどんどん大きくなるはずなのに、光っていつまでも心の容量が大きくならなくて嫌になる！」

幸がリクに箝口令《かんこうれい》を敷く。幸は逆撫での天才だ。痛いところをチクチク突く。ますますムカつき、けれど上手く言い返す言葉が見つからず、

「黙れ！　黙れ！　黙れっ！」

これまた子供っぽいとわかっていながら粗雑に唾を飛ばすと、

「そうやって自分の都合が悪くなると、すぐに逆ギレするところ、マジでがっかりする

わ！　リク、行こう！」

幸はリクの腕を引っ張って部屋から出て行きやがった。普段あまり感情を露わにせず、滅多に怒ったりしない幸は一度こうなるとしばらく手がつけられない。俺は案外すぐに反省する、と言うか、その場を取り繕おうとするタイプなのだが、幸は決してすぐには許さない。こっちが何を言っても、火に油をドバドバ注ぐ結果になってしまう。そうわかっていたので、これがまた俺の意気地のないトコなのだが、出て行った幸とリクを追いかける気は毛頭なく、すぐに電話して謝る気はもっとなかった。

それにしても、幸と怒鳴り合いの喧嘩をするなんて、すげえ久しぶりだ。やっぱヒステリックになったときの女ってこえーな。

小一時間も経った頃だろうか、「ピンポーン」とインターフォンが鳴った。憤って飛び出して行った幸がこんなに早く戻って来るなんて珍しい。さすがにリクが一緒だから、自分も大人げなかったって反省したのか？　冷静さをかなぐり捨てて飛び出したから、鍵を持って出るのを忘れたんだな。リクも部屋に荷物を置いたままだし。それにしても随分早いお帰りだ。まだ心の準備ができてない。俺、まだちょっと腹が立ってるし。「どんな顔して二人を迎え入れよう。いっそのこと寝室に入って寝ちまおうか？」なんて、一瞬にあれこれ考え巡らせながらモニターを見ると、そこに映っていたのは幸でもリクでもなく、まっすぐにインターフォンのカメラを見ている真友良だった。

リク

生意気な態度をとって、光さんを怒らせてしまった。やっぱり僕はまだまだガキなんだ。光さんが言うように、どうしようもないクソガキだ。

この間の夜、初めてラ・ブレアに連れて行ってもらった日、光さんにアイスランドでのオーロラ体験の話を聞いて、物心ついた頃からの夢だったオーロラを見たいって気持ちが以前にも増して膨らんだ。

僕のやりたいことをなんでも経験済みの光さん。亡くなった父親が天国から僕を見守っていて、僕と光さんを飛行機の中でめぐり合わせてくれたに違いないなんて思っちゃったほどだった。

父親がどこでオーロラを見たのか、桃子さんの記憶が曖昧だったこともあり、どうせオーロラを見るなら、アイスランドへ行って見たいと思った僕は、その北欧の国のことをネットで調べまくっていた。

今日たまたま見つけた『アイスランドでオーロラを見ちゃいました!!』ってタイトルのブログにすごく詳しくすごく興味深くアイスランドの街や観光スポットや文化や自然や食べ物、それにオーロラのことが綴られていたので、そのページを全部プリントアウトして、そのまま意気揚々と光さんちに持って行ったんだ。光さんは不在だった。たまたま仕事が早く終わった幸さんが在宅していたから良かったものの、興奮して何も考えず、相手の予定も確かめずに光さんちに図々しく行っちゃって、僕ってホント浅はかだよなぁ。

今日は、光さんと幸さんに、「また必死でアルバイトしてお金を貯めるんで、いつか一緒にアイスランドへ行きましょう！」ってお願いするつもりだったんだ。でも、よくよく考えてみたら、光さんも幸さんももう立派な大人で、僕みたいなガキと一緒に貧乏旅行なんてしたくないだろう。それでなくとも光さんは仕事で海外に行く際にビジネスクラスに搭乗するような人だ。僕なんて足手まといになるだけだ。僕だって、もし小学生の子供に「一緒に旅行しましょう」なんて言われたら、絶対に理由をつけて断るだろう。相手が中学生だって嫌だ。救いようのない向こう見ずで、自分が情けない。

温厚で優しくて兄貴みたいな光さんに初めて怒られて、すごくショックだった。

笑いながらではあるけれど、僕はダンスの先輩や桃子さんの彼氏たちにも「リクって生意気だな」ってたまに言われることがある。

仕事が忙しすぎる桃子さんが体調を崩して、僕は幼稚園の年長のときから小学校二年生まで、桃子さんのお母さん、つまり僕のおばあちゃんの家に住んでいた。おばあちゃんは本当に僕を可愛がってくれて、僕は昔も今もかなりのおばあちゃん子なんだ。けれど、そのおばあちゃんにさえ「リクはすごくイイ子で礼儀もちゃんとしてるんだけど、どこか小生意気なところがあるわねぇ」ってときどき言われてた。

無意識に大人の神経に障ることをしちゃう癖が僕にはあるのかもしれない。


今夜、「しまった、光さんを怒らせちゃった。どうやって謝ろう……」といっぱいいっぱいになっていたら、幸さんに腕を引っ張られて、こともあろうに謝る前に光さんの家を飛び出してしまった。ヤバいよ、ヤバいって幸さん。

着の身着のままで出てきてしまったので、夜風が冷たく感じる。マンションを出て、繁華街の近くに来たら、幸さんはようやく走るのをやめて、肩で息をしながら僕に言った。

「光ってさ、普段はすごく優しくておっとりしてるし、案外何でも笑い流してくれるタイプなんだけどね、たまーにちょっとしたことで、特に自分がちょっと馬鹿にされたときに急にキレることがあるの。あー、ムカつく！」

「僕も悪いんです。生意気なこと言っちゃったから……」

「リクは悪くないって。どうせあの人すぐに機嫌直るからさ。絶対に今頃、私たちのこと心配してるって。そういう人なの。なんか、久しぶりに怒鳴ったらお腹空いちゃった。光はテラケンくんたちと夕飯を食べてきたし、私、まだまだむしゃくしゃするから、なんか美味しいものを思いっきり食べたいわ。私、しっかり財布も鍵も持って出てきたからね！ リクってさ、一番好きな食べ物って何なの？」

僕は光さんのことが気にかかって、全然空腹ではなかったが、とりあえず、

「一番の好物はＴＫＧです。毎日食べても飽きません」

と答えた。

「ＴＫＧって何？」

「卵かけご飯です」

「可愛い！ 卵かけご飯のことＴＫＧって言うんだ。さすが十八歳。でもさ、卵かけご飯を出す店知らないなあ。次は何が好き？」

「二番がメロンパンです。うちの学校の購買で売ってるメロンパン、めちゃくちゃ人気で昼前には……」

言い始めてから、さすがに夕飯にメロンパンはないよなぁ、またまたガキっぽいこと言ってるよなあと思い、

「三番目が寿司と焼肉です」

慌ててそう言い直すと、

「よし、じゃあお寿司にしよう！　すぐそこにすごく美味しい寿司屋さんがあるからそこで特上のお寿司を食べよう！」

幸さんは僕の背中をグイグイ押して寿司屋の暖簾をくぐった。いつも僕が行っているような廻っている寿司屋ではなく、カウンターしかないいかにも高級そうな寿司屋だ。しかも桃子さん以外の女の人と二人で外食するなんて初めてだ。うわっ、なんか緊張する。

「すいません、二名なんですけど大丈夫ですか？」

幸さんが慣れた様子で聞くと、カウンターの中にいたお店の大将らしき男の人が、

「お好きな席にどうぞ」

とハキハキ言った。幸さんは、思わず入口で立ちすくんでしまった僕の手をとって、店の中を進み、カウンターの真ん中二席の椅子を引いた。カッカッと怒っているはずなのに、幸さんの手はひんやり冷たくて、僕は何故か気もそぞろになってしまった。

その店の寿司は、とにかく美味しかった。今まで食べた寿司の中でダントツに美味しかった。思わず、桃子さんやおばあちゃんに食べさせてあげたいと思うほど、史上最高の新鮮さと味だった。幸さんは大将に、

「美味しいとこどんどん握ってください！」

と言い、僕には、

「もっと食べな！　あれも食べな！　これも食べな！」

まるでわんこ蕎麦を食べさせるみたいに寿司を食べさせてくれた。

「今日、一番のお勧めの大間のマグロです。滅多にこんないいマグロ入ってこないですよ」

恰幅のいい大将がそう言って出してくれた赤身、中トロ、大トロは、僕の貧困なボキャブラリーじゃとてもじゃないけど感想を言えないくらい旨くて、思わず「ううっ」と唸ってしまった。ヤバい！　一瞬、光さんのことを忘れてしまうほど、大トロが舌の上で甘くとろけた。この感動をどうやって幸さんに伝えたらいいのかわからずに幸さんを見ると、

「私……、なんかもう、大トロとか脂っぽいものが前ほど食べれなくなってるかも。確かに信じられないくらい美味しいんだけど、たくさんは食べれなくなってる。昔は大トロなら何貫でも食べれるって思ってたのに。もうそういうのが無理な歳なのかも」

ちょっとうなだれている。

「幸さん、まだ二十代じゃないですか。まだまだ若いじゃないですか」

「でもさ、二十五を過ぎたあたりから、若さが少しずつ消耗されてるなあって実感しちゃうんだよね。疲れやすいし、食べ物の好みも変わってきたし。前は大好きだった脂っぽい

ものに食指が動かなくなってる。ああ、やだやだ。家に帰ったら鍼をやろう」

幸さんがこっちを見たのをきっかけに、僕はずっと聞きたかったことを聞いた。

「幸さんって、どうして鍼灸師になったんですか？　僕、鍼灸師って大人の、って言うか、年配の人が就く職業だと勝手に思ってたから……」

お茶を頼んで、一瞬僕をジッと見つめて、それから幸さんは話し始めた。


「もともとさ、親戚の叔父さん、私のお母さんの弟が鍼灸師だったの。うちもリクんちと一緒で母子家庭でさ、私が小学生の頃に両親が離婚して私はお母さんと一緒に住むことになったんだよね。お母さん、朝から晩まで働いてて家にいなかったから、私、学校が終わるといつも叔父さんの鍼灸院に行って、そこでお母さんの帰りを待つようになったの。今なら全然平気なんだけどさ、当時はまだいたいけな子供だったから、夕方とか夜の淋しくなる時間帯に一人で家の中にいるのが怖かったんだ。叔父さん、すごく中性的って言うか、物腰が柔らかい人だから一緒にいても楽で空気みたいで、しかも私を自分の娘か歳の離れた妹みたいに可愛がってくれたの」

幸さんも母子家庭で育ったんだ。なんか、意外だった。幸さんって、両親の愛を一身に受けて大人になったみたいな感じがしてたから。

「でね、学校帰りに叔父さんの鍼灸院に行って、待合室でテレビを観たり絵本を読んだりおやつを貰ったり、それに飽きてくると、診察室で叔父さんが患者さんに鍼やお灸をしているのをこっそり見てたりしたの。『診察室には入っちゃダメだよ』って言われてたのに」

幸さんは、小さく笑いながら幼い日の自分を思い出している。

「鍼灸院に来る人、主にお年寄りが多かったんだけど、最初は苦しそうな顔をしているのに、叔父さんが鍼やお灸をすると、笑顔になったり元気になったりして帰る人がすごく多くてね。ある日さ、近所のお菓子屋さんのおばあちゃんがぎっくり腰をやっちゃって、息子さんに背負われて鍼灸院に来たの。私、そのお店でしょっちゅうアイスクリームを買ってもらってたり甘党の叔父さんにお使いを頼まれたりしてたから、そのおばあちゃんと顔なじみで。たまに飴やクッキーをひとつオマケしてもらったりしてたから、そのおばあちゃんのこと大好きだったのね。でもさ、鍼灸院に運ばれてきたとき、いつも優しい笑顔だったおばあちゃんの顔が苦痛で歪んでて知らない老婆みたいに見えて、私子供だったから『やだ、このおばあちゃん死んじゃう』なんて怖くて怖くて仕方なくなってね。そしたら叔父さん、『あらら、ぎっくりやっちゃいましたか』ってたいして驚きもせずに言って、おばあちゃんに鍼とお灸をやったの。その日すぐには良くならなかったんだけど、それからそのおばあちゃん、毎日息子さんにおぶわれて鍼灸院に来て、四日目か五日目に調子がよくなって、以前と同じ優しい笑顔で『本当にありがとうございました』って叔父さんに言っててね。ああすごいなあ叔父さん、おばあちゃんの笑顔を取り戻した退魔師みたいだなあって。それで私もいつか叔父さんみたいになりたいなぁって思ったの」

それから幸さんは将来の夢を鍼灸師に定めた。

高校卒業後、「大学に行けばいいのに」とお母さんに渋い顔をされたにもかかわらず、バイトをしながら学費を稼ぎ、鍼灸の学校へ三年とちょっと通ったそうだ。その学校で光さんの妹の飛鳥さんと知り合ったわけだ。

「ずっと働きっぱなしだった母親にこれ以上迷惑かけるのが嫌だって思って、意地でも自分で学費を払いたかったの。その頃には父親とはすっかり絶縁状態だったし。鍼灸の学校の学費って結構高かったからさ、私、ずっとキャバクラでバイトしてたんだよ」

「えっ？　キャバクラ？」

思わず聞き返す。キャバクラって、派手な服を着て男の人とお酒を飲むあのキャバクラだよな。今の幸さんからはどうやっても想像できない。

「やっぱりね、若い女が手っ取り早く稼げるのって、キャバクラが一番だったんだよね。十八、十九はお酒飲まないでただお酌してればいいし、私、お酒が強かったから二十歳になってからもお客さんと飲むの全然苦じゃなかったの。しかもさ、あんまり女らしくなかったから、夜の女の世界では浮いててね、男に媚びを売るのとか馬鹿みたいに下手だったもんだから、ナンバーワン争いとか派閥争いしてる子たちにも普通に好かれてて、水商売、実はすごくやりやすかったんだ。全然嫌じゃなくて、むしろ楽しかった」

幸さんはあっけらかんとそう言ったけど、僕は心の中に舟虫がワサワサと湧きでてきたみたいになった。キャバクラが実はどんなところなのか想像もつかなかったけれど、幸さんとキャバクラなんてどうやっても結びつかない。

桃子さんの店『オペラ』は、ただのカラオケスナックだけれど、酔っ払いの男たちがたくさん来る。そういう酔客の中には、桃子さんに絡んだり過度のスキンシップをして僕の目に余る嫌な奴もいる。キャバクラって、女の子目当てで行く人が多そうだから、そういう客がもっともっとたくさんいそうだ。そんなところで幸さんが、この綺麗な幸さんが働いていたかと思うと、なんか心臓をギュウウッと摑まれたように、悲しい気持ちになってしまう。

「あれ、リク、なんでそんな落ち込んだみたいな顔してんのよ。キャバクラ勤めっていうのが刺激的すぎたかな?」

「いや、そんなんじゃないですけど……」

またわかりやすく顔に出ているのだろう。ここは、何でもない顔をして笑っておくべきなのに。

「リク。人ってさ、何を頑張るかじゃなくて、どうやって頑張るかだと思うんだ。もっと言うと、何をやって生きるかじゃなくて、どうやって生きるかだと思う。社会に出るとさ、どんなにいい学校を卒業してても、偏差値の高いバカが結構たくさんいるの。そんな人に限って自分の学歴だけを自慢に思ってて、お門違いに他人を見下したりするの。私はさ、誰よりも何よりも『今』を信じて生きているべきだと思うの。過去じゃなくて今。今をちゃんと生きていれば過去なんて、観てきた映画とか読んできた本みたいに客観視していいと思うんだ。まあ、過去を今に生かして、そっから未来に繋げていくのが理想だけどね。何事も経験。暗い過去をあまりにも後悔しちゃっても、輝かしかった過去にあまりにもすがりついても、今は輝かないと思う」

幸さんは（光さんも）、いつもこうやって机上の論理じゃないことを教えてくれて、僕をハッとさせる。確かにその通りだと思った。過去のいろんな幸さんがいたからこそ、今のこんなに素敵な幸さんがいるんだ。

「そうですよね！　本当にそうですよね！」

上品な寿司屋さんのカウンターにいることを忘れて、大声で言ってしまう。

「とりあえず、キャバクラって学校よりもずっと役に立つことを私に教えてくれたもん。あの職場に感謝してるくらい。男を見る目をあんなに養える場所って他にない気がするもん。まー、いろんな人生勉強ができたわ」

幸さんがそう言うと、お店の大将が感心したように幸さんをじっと見つめていた。

お寿司をたらふく食べて（目が飛び出るくらい高かった！）、「ちょうどいい量の美味しいお酒を飲んだから気分が楽になった」らしい幸さんは、寿司屋さんを出ると、

「よし、じゃあ帰ろうか？」

そのままマンションの方へ歩き出した。寿司屋さんの暖簾を再びくぐった瞬間、行きはよいよい帰りは怖い、いきなり現実に引き戻されてしまった気持ちになっていた僕は、できることならこのまま自分の家に帰りたかったが、突然飛び出してきた光さんちに荷物をすべて置きっぱなしだった。

どんな顔をして光さんに会えばいいんだろう。まだ怒ってるだろうな。沈痛な気分がどうしても足を重くする。

幸さんは怒って家を飛び出してきたのが嘘のように普段通りの顔で、なんなら鼻歌なんか歌いながら歩いている。強いなぁ、幸さんは。僕は僕で、光さんに会ったときの最初の言葉をずっと考えていた。考えていたが、しっくりくる言葉が思い浮かばないままマンションに到着してしまった。


オートロックを解除しエレベーターに乗り込む。自首する犯人みたいな気分になる僕。

部屋の前に立ち、一呼吸置いてから幸さんがおもむろにドアノブを回した。鍵はかかっていなかった。そのままリビングへと進む幸さん。僕も仕方なくそのあとを追った。

リビングルームに続くドアを開け、とにもかくにも「光さん、すみませんでした！」と謝ろうと覚悟を決めた瞬間、自分の目を疑った。そこに真友良がいたからだ。しかも何だか勝ち誇った顔をして、いけしゃあしゃあと、

「幸さん、おかえりなさーい！」

僕には目もくれず、僕の名前は呼びもしないで、いきなり幸さんに抱きついている。またまた僕の聖域に真友良が侵入してきたことに一瞬ムカついた。けれど、真友良が部屋の中にいたことで、たった二時間弱前の喧嘩のムードは断ち切られて、そこに新しい空気が流れていた。

「あら、真友良ちゃん！」と幸さんも驚いていたし、僕も僕で真友良がいたことの違和感があまりにも衝撃的で、光さんに会うことの恐怖心が少し薄れた。真友良との長ーい長ーい付き合いの中で、僕は初めてちょっとだけ真友良に感謝した。心外だけれど、真友良に出会って初めて、真友良を邪魔な奴だと思わなかった。

しかしそれにしても、今は夜の九時半。高校生になってからの真友良の門限は夜の九時なのに、なんで今ここにいるんだ？　真友良のお父さんは心配性で厳格な人だ。今頃ものすごく怒り狂ってるんじゃないか？　すると僕の気持ちをすぐさま察知したように、

「今日ね、私の両親の結婚記念日で……。うちのパパとママ、昔から結婚記念日には絶対

に二人きりで思い出のレストランへ行くんです。プロポーズした場所がそのレストランで、『これからもずっとこの店でこうやって二人きりで過ごせるような夫婦になろう』っていうのが決め台詞だったんですって。うちのパパ、記念日をママだけとその店で過ごすことをものすごーく私に申し訳なく思ってて。私は全然平気でむしろ一人きりの夜が嬉しいくらいなのに。で、今日だけは私の門限を夜中の十二時にしてくれるんです。しかもお小遣いまでくれるんですよ。ホント過保護なんだか厳しいんだかわかんないパパなんです」

僕にではなく幸さんに説明した。

そうだ！　そうだった。クリスマスとかお祭りとかコンサートとか、何があっても真友良は門限を死守しなければならないのに、今日だけはその門限がないんだ。去年も「私、今日だけは門限が十二時なんだよ。シンデレラみたいでしょ?」と言っていた。「キモッ」とだけ答えたら、「キモくないもん、可愛いもん。ねえ、今日の夜、みんなでカラオケボックスとか行かない?」と言われ、カラオケが好きじゃない僕が「行かない」と即座に断ったら、「バカ！　チビ!」って言い捨てられたんだった。ああ、やっぱりムカつく。

さっき一瞬でもこいつの存在に感謝した自分を悔いた。

「素敵なお父さんじゃない。結婚して何年も経つのに、お母さんとの約束をちゃんと守ってて。しかも可愛い一人娘の真友良ちゃんを除け者にしてるみたいで罪悪感があるんだね。優しいじゃん」

幸さんが言うと、

「うん。なかなか守れないよそういう約束って。そういうのってたいてい二、三年で反故《ほご》にされちゃうもん。真友良ちゃんのお父さん、男気あるよ」

光さんも頷く。

あれっ、あれれ！　なんか喧嘩してたことがなかったみたいな雰囲気で会話が進み始めたぞ。良かった。悔しいけど、真友良、今日はお前を許そう。ナイスだ、真友良。けれど、そのあとにツンと澄ました顔で真友良が、

「でね、今日友達と買い物してゴハン食べて、たまたまこの近くまで来たから、光さんと幸さんに会いたくなっちゃって。私、この間みんなでカフェに行ったあと慌てて帰ったから光さんの連絡先も幸さんの連絡先も聞いてなかったでしょ？　だから失礼だと思ったんだけどいきなり来ちゃったんです」

と言ったから、真友良へのムカつきがまたまた再燃した。絶対に嘘だ。こいつは昔から嘘をつくときは必ず澄まし顔になる。何か用事（しかも多分僕には知られたくない企みのような要件）があったからわざわざ光さんたちを訪ねたに決まってる。だいたい、テラリウムくらい狭い真友良の行動範囲に光さんのマンションは存在していない。そうとも知らずに光さんは、

「そっか、そっか、遊びに来てくれて嬉しいよ。あっ、しかも真友良ちゃん、お土産まで

持って来てくれたんだよ」

なんて笑顔を見せている。

「あっ、私の一番好きなベルギーワッフルを持って来たんですぅ」

真友良がドヤ顔でそう言うと幸さんまで、

「年に一度のシンデレラの日なんだね、今日は。まだ十二時までには時間があるからお茶淹れるね。そのワッフルと、あとすごく美味しいチョコレートがあるから一緒に食べよう」

優しい言葉で真友良を引きとめている。

でもとりあえず、僕と光さんと幸さんに流れていた不穏な空気があっさりと消えてくれたのはこいつが来たからだ。ぎくしゃくすると思われていた部屋で、優雅に四人でワッフルと共にお茶を飲んで、これまた食べたことのないくらい美味しいチョコレートも食べて、普通に会話して、笑い合ったりしちゃってるんだから。それだけは感謝しとこう。今夜だけはこいつを仲間に入れてあげることにしよう。でも今夜だけだぞ。僕はぐっと我慢してそう思った。

ただ、十一時を過ぎた頃、そろそろ帰る時間が近づいてきたときに、真友良が光さんと幸さんと番号交換をしたのは癪にさわった。このインベーダー女がますます僕の聖域にズカズカと入り込んでくる気がしてならなかったからだ。しかも僕は、悪い予感ほど当たるような気がしちゃう質なんだ。

幸

リクと真友良が帰ったあとに、自分で自分に鍼を打つ。今日は疲れた。喜怒哀楽全てのエネルギーを消費しちゃったみたいな一日だった。鍼を一本、二本と刺すうちに少しずつ気分がほぐれていく。こうしていると、いろんな顔をした自分がどんどんひとつにまとまって、本来の自分の顔を取り戻していくような、そんな気がする。

寿司屋さんでリクと話していたら、自分の少女時代から今日までを思わず回顧する結果になった。そして、話し終えたとき、昔の自分より今の自分の方が遥かに自由で幸せだと改めて思った。

滅多に怒らない私は、その反動で一度怒るとかなり後を引くタイプだ。怒りをいつまでも執念深くぷすぷすとくすぶらせるようなところがある。けれど今夜、リクを相手にいろいろ話していたら、無駄に怒り続けていることが馬鹿馬鹿しくなってしまったのだ。リクが何を言ってくれたわけでもしてくれたわけでもない、ただ隣で私の話を聞いていていただけだ。けれどリクの存在そのものが浄化装置のように光への怒りをなだめてくれた。やっぱりリクは不思議な子だ。

シャワーを浴びていた光がリビングに戻って来る。真友良の突然の出現により、私たちの言い争いは中途半端な形になってしまっていたが、別に掘り返す必要もないなと思い、私は停戦の意味を込めて光に鍼の施術をしてあげた。お互いに今夜の喧嘩に関しては一言も触れない。すると、

「今夜さ、真友良ちゃんがうちに来たのってさ、ちゃんと理由があってさ……」

ポツリポツリと光が説明を始めた。

二週間後の祝日の日、リクと真友良の通う高校の学園祭があり、そこでリクがダンスを披露するそうだ。

「リク、去年も学園祭で何人かの仲間とダンスを踊ったんだけど、踊ってるリクってものすごくハッチャケてて、とにかくカッコイイんです。体育館でやったんですけど、今までリクのことなんて知らなかった生徒たちの間で『あの踊りがめちゃくちゃ上手い奴は誰だ?』って噂になったほどだったんです。あのときのリク、ホントにホントに死ぬほど

カッコ良かったんです」

真友良は熱く光にそう言ったらしい。

そう言えば初めてリクに会った日にこの部屋で、酔った光が挑戦状を投げつけるみたいにリクを踊らせたことがあった。ほんの数秒リクが身体を動かしただけだったのに、私も光もリクの動きに見惚れてしまったのだった。身内の、と言うか、恋する女のひいき目を抜きにしても真友良が言う通りリクのダンスは見ている人を圧倒する何かを持っているのだと思う。

「で、真友良ちゃん、今年の学園祭で踊るリクをどうしても俺と幸にも見てほしいって。リク、高三だから今年が最後の学園祭で、しかもメインで踊るのがリクなんだってさ。俺たちの連絡先を知らないから、今夜わざわざそれを言いにここに来たんだよ」

真友良が帰る際に、光にだけ小声で「じゃあ、また詳細を連絡します」って言ったのを聞いていた私は、なるほどな、と思った。リクのあの性格からして、自分から「僕、ダンスをするんで、絶対に観に来て下さい！」なんてなかなか言い出せないだろう。さすが世話女房・真友良だわ。

光にその経緯《いきさつ》を聞いたとき、

「えっ、私、見たい！　リクが正式に踊るとこちゃんと見たい。つーか、光も見たいよね？　初めてリクがうちに来た日にリクがちょっとだけ踊るの見ただけで感動しなかった？　しかもダンスとか私の生活とは別世界のことだからなおさら見てみたい」

思わず必死に言ってしまった。

ああ、私の中でリクへの母性のようなものが溢れている。ついこの間知り合ったばっかりなのに、リクを思うときにクーッとなるこの感じは一体何なの？　子供を産んだことはないけれど、これが母性なの？

「俺も見てみたいわ。普段、おっとりしながらもちょこまかしてるリクが人前で踊ってるのを想像しただけで興奮する。あの日、クランプだっけ？　あれを踊ってるときのリク見たとき鳥肌立ったもんなぁ。あれっ、俺、すでに父兄参観に行く兄貴みたいな気持ちになってるよ。行こうよ、絶対に行こう」

「私、その日に患者さんの予約入れるのやめよ」

「祝日だから俺も絶対に行ける」

光も私と同じ風に考えていた。さっき、罵り合ったことがなかったみたいに私たちは盛り上がった。しかも二人して頭に鍼を刺したまま……。傍目《はため》に見たらかなり奇妙な光景だろう。共通の楽しみが私たちをいとも簡単に仲直りさせていた。これまた愛すべきリクの摩訶不思議な魅力のお陰だ。突然来てくれた真友良にも感謝だ。

光が明らかに胸のつかえがとれた顔をして、

「じゃあ俺、明日全体朝礼があるから先に寝るわ」

と言ったので、私は光の頭に刺したままだった鍼を手早く抜いた。そして、寝室に入ろうとする光の背中に、

「とりあえずさ、テラケンと飛鳥のことは私たちにとってすごく嬉しくておめでたいことだからさ、思いきり祝福してあげようね」

私にしてはかなり優しい声色で言った。光はこっちを振り向かずに、

「うん、わかってる。おやすみ」

これまた素直にそう答えた。

長い付き合いである。その声で光の気持ちも軽やかになっているのがわかる。よかった、とりあえず一件落着ってとこかな。


しばらくリクに会えない日が続いた。

突然リクが我が家を訪ねてきたあの日から、こんなにリクに会っていないのは初めてだったので、私は妙な心淋しさを感じた。

光と二人きりで家でゴハンを食べているときに、「なんかリクがいないと食卓が物足りない感じがするな」と、光も同じように寂寥感を口にした。

『痩せちゃってますよアイツ』

真友良からのメールによるとリクは、学園祭でのダンスの披露を前に、学校、貸しスタジオ、そして夜の公園で暇さえあれば仲間たちとダンスの練習に励んでいるらしい。

『疲れたりどこか調子悪くなったらすぐに私が鍼をやってあげるってリクに伝えてねー』

リク本人ではなく、真友良にそう言づけすると、

『きゃあ！　わかりました！　伝えます！』

嬉しそうに返信してくる真友良。恋する乙女とは、ほんの些細なことでもいいから好きな人への「要件」がほしいものである。なんでもいいから理由をつけてメールをすれば、そこでまたその人と繋がることができる。私からの伝言を受け取って、得意気にリクにメールする真友良の嬉しそうな顔がありありと浮かんだ。


その後、リクが身体の不調を訴えて我が家に駆け込んで来ることはないまま、リクの高校の学園祭の日になった。

校門の前で真友良と待ち合わせ、私と光と真友良、三人で校内に向かう。安っぽく、しかし派手に飾り付けた活気ある校内にはたくさんの学生がいる。この感じ……この活気……、思い出すなあ、十代の自分を。私は集団行動が大の苦手だったので高校生活に何の

感傷もないし、戻りたいとも思わないけれど、それでもこの匂い立つ若さのエネルギーの結集に、どこかノスタルジーを感じた。

学校という社会で見ても、真友良はずば抜けて美少女でスタイルがよくて、そこに存在しているのが場違いなほど群を抜いて目を引く。

「こっちです、こっちです」

その真友良が私たちを体育館に誘導してくれた。最近建て直されたばかりだという体育館は広くて天井が高く、床の色がピカピカと光を放射していて、想像よりもずっと立派だった。真ん中の直径十五メートルくらいのスペースを取り囲むように百人、いや二百人近くの人が体育館に集まっている。そのほとんどが学生だったが、私服を着ている大人や子供たちもちらほらと見える。私と光がすごく浮いてしまうのではないかと心配していたが、私たちのことなんて誰も気にとめていない。それよりも、何人もの男子生徒が真友良のことをチラチラ見ている。真友良はやっぱりモテるんだ。そりゃそうだ。

むせかえるような熱気と、若さを象徴する青臭い匂いの中、「キャアア」とか「ウオオッ」の歓声と共に八人のダンサーがまっすぐセンタースペースに歩いてくる。皆、お揃いの黒いジャージを着ている。

「四番目に歩いているのがリクです」

真友良が私に耳打ちした瞬間、八人が両腕を下ろした。そして次のタイミングで彼らが足を開くと、ものすごい爆音で音楽が流れた。

激しく身体を揺さぶり踊り始めるダンサーたち。周りの観客のほとんどが両手を上げて、それを見ながらリズムをとっている。「リクー！」と声を振り絞る子が何人もいる。他のダンサーの名前やニックネームを叫んでいる子もいたけれど、明らかにリクへのそれが一番多い。真友良も頭を上下に動かしている。

今の日本のダンス人口って私が想像しているよりずっと多いんだろうな。学校の授業に「ダンス」って科目があるくらいだから、私たち世代とは全然比べものにならないくらいみんなが親しんだり夢中になっていることなんだ。ここにいる周りの学生たちの盛り上がりがそれを如実に表している。

私たちはダンサーたちからかなり離れたところにいたし、ダンスの動きがあまりにも速く激しいものだったから、私は最初リクがどこにいるのか見定められずにいた。「あっ、あれリク？　いや、違う」、目をキョロキョロさせながら、めまぐるしく動く黒い集団に見入っていた。しかし、中盤でリクだけがセンターで踊り始めたので、そこからはもう他の生徒なんて一切目に入らないくらいリクだけを凝視して追った。

腕を思いきり振り上げて肉体の限界を超えようとするみたいに猛々しく踊るリク。『ＲＩＺＥ』で観たのと同じようなクランプのモーション。見ているだけで痛いような苦しいような気持ちになる。こんな凶暴な目をして踊っているのがリクだなんて。いつものリクの少年っぽい面影がどこにもない。あの神聖な笑顔ではなく、凶悪犯みたいな微笑を浮かべて観客を煽るように迫って来る。結構な距離なのにほとばしる汗が飛び散る様が見える。これはリクじゃない。私の知らない、どこかの生意気で残忍酷薄な青年だ。リクを遠く感じる。でも、すごい。すごすぎる。感動なのか哀しみなのかわからないが、とにかく私は手で口を覆って泣きだしてしまった。観衆の中で泣くなんて私にとっては初めてのことだった。

　左隣にいる真友良が、目を大きく開いて高揚した表情でリクに見惚れている。その面持ちは恋する女のそれではなく、ただ純一無雑にリクのダンスに熱狂しているそれだ。

　そして今度は右隣の光を見ると、「ああ、私はやっぱり光が好きだ！」と再確認してしまった。光は歯を食いしばって漏れそうになる嗚咽を堪えながら、私以上に号泣していたからだ。同じものを観て、同じように涙腺を揺さぶられる。涙の価値観が似ているって、私たちにとってすごく大切なことなんだと思う。

　音楽が終わり、最後に腕を組んで静止して、観客に向かって挑むような笑顔を向け、リクのパフォーマンスは終わった。踊っている時間は五分もなかったと思う。けれど、『ＲＩＺＥ』を観たときとは比べものにならないくらい私は感動に打ちひしがれた。子供っぽくて無邪気でちょっと生意気なリクはどこにもいなくて、ただ眩しく勇ましく美しかった。

「俺さ、子供の運動会を見に行く親みたいな気分で来たのに、全然予想と違った。マジで感動しちゃってるんですけど。リクのこと尊敬しちゃってるんですけど」

踊ってもいないのに汗だくで、真っ赤な目をしている光に、

「私も」

涙声でそう言うのが精一杯だった。


体育館を出て、真友良の案内でいくつかの模擬店を冷やかし、クラスや部活ごとの展示物を見て回ったあと校外に出る。通学路の銀杏並木に吹く風はすっかり冷たくなっていて、三人とも口を揃えて「寒っ！」と思わず口走ってしまう。

自分より背が低い光と歩いていると、たまに自分が大女になったような気がして少し猫背になったりするのだが、今一緒に歩いている真友良も私同様ちょっと猫背気味になっている。彼女もかなり背が高いから、案外自分の長身を持て余しているのかもなあ。リクよりもずーっと背が高いし。

「真友良ちゃんは今回の学園祭では何もやらなかったの？　もう帰宅しても平気なの？」

スクールバッグを持って私たちと一緒に駅まで歩いている彼女に聞く。

「あっ、私はもう用事がないんで帰ります。何年か前、学園祭のあとに何人かの生徒が飲

酒して、それからうちの学校、後夜祭も打ち上げも禁止になったし。私、今年の学園祭、本当はメイド喫茶をやって、『ご主人様、おかえりなさい』とか言いたかったんですけど、抽選で外れて、広い教室が確保できなかったんです。だからうちのクラスは『この学校から出た著名人』なんてつまんない調査結果を講堂に展示してるんです。そもそもこの学校出身の著名人なんて誰も知らない人ばっかり。有名なアーティストとか俳優とか作家とかスポーツ選手とか一人もいなくて、私が知ってたのなんてお笑い芸人一人だけでした」

真友良がそのお笑い芸人の名前とコンビ名を教えてくれたが、私も光も聞いたことのない人だった。

「真友良ちゃん、メイド姿似合いそうだよね。それにしてもリクすごかったなあ。あんな顔してあんなに踊って。ホント、いいもの見せてもらったよ」

興奮冷めやらぬ様子で光が言う。真友良は自分が誉められたように嬉しそうに微笑む。

「リク、カッコ良かったねぇ」

私が真友良に同意を求めると、

「リクのダンスは昔から本当にすごいの。小さい頃からダンス、ダンス、ダンスで、私が見てもわかるくらいにどんどん上達してる。なんでか知らないけど去年の学園祭で、リク、突然何人かとクランプを踊ってね、でもリクだけが群を抜いて目立ってたの。だから学園祭のあとにあいつ、急にちょっとした有名人みたいになっちゃったの。去年なんて観客が数十人くらいしかいなかったのに、今年は去年の何倍も人が来てた」

「リク、顔もカッコイイし、案外モテてるのか⁉」

容赦なく真友良の乙女心を刺激する光。

「すっごくモテるんですよ。今年のバレンタインデイ、チョコをたくさん貰ってたもん。でもリク、チョコレートくれた女子たちにニコリともしないで『あっ、どうも』なんて無表情で受け取ってたの」

「真友良ちゃんもあげたの？　リクにバレンタインチョコ」

思わず私が質問したら、

「私？　なんで私が！　もちろんあげてないですよ。私、バレンタインデイに誰かにチョコをあげたこと一度もないです。なんか、そんなことするの柄じゃないっていうか、恥ずかしいっていうか……」

真友良はちょっとだけうつむいた。

「そうなんだ？　いまどきのＪＫにしちゃあ珍しいね。バレンタインが近づくと、チョコレートの売り場って制服を着た女の子たちで溢れてるのに」

光が不思議そうに真友良に言うと、

「あっ、でもね、リクが今年のバレンタインデイに貰ったチョコ、私がほとんど貰っちゃったんですよ。帰り道、たまたまリクと同じ電車になって、『ずいぶんたくさん貰ったね』って言ったら、『やるよ』って全部、袋ごと私にくれたんです。私どんなにチョコ食べても太らない体質だし、吹き出物とかも出ないし」

ああ、真友良。十代はね、何を食べてもそんなに太らないし、本気で痩せようと思ったらすぐ痩せられるのよ。十代のときに肌が荒れなかった子も歳をとるといきなり荒れたりするのよ。女の入口に立ったばっかりのあなたはこれからその道を通るのよ。努力しないで美少女のままでいるなんて奇跡みたいなことなのよ。私はそう思ったが、何も言わずにおいた。

「みんなチョコにカードや手紙を添えてたのに、リク、ひとつも食べてないし、どれひとつ読んでないし、その子たち可哀想だなあって、なんか私、申し訳なくって」

ちっとも申し訳なさそうではなく、勝気な性格を瞳の奥にひっそり宿しながら真友良は言った。

恋する乙女よ、わかりやすいぞ。そろそろ素直になりなさいよ。ずっと自分の恋心を隠し続けてると、叶うものも叶わなくなるのよ？　心の中だけでそう呟く。

十代の恋って、すごく素直になるか、すごくあまのじゃくになるかのどっちかな気がする。一途で熱いのに、どこか薄情。全身全霊フル稼働で恋にその身を焦がすのに、なぜか不器用。遠い昔、恋のシステムにもルールにも疎くて、そもそも恋とは何なのかまるでわかっていなかった私は、制服姿の自分と目の前の真友良を重ねて、なんだか寂寞《せきばく》にも似た

鬱々とした想いを抱いていた。相変わらずなーんにも察していない光は、

「そっか、リクって硬派な奴だったんだな」

いまさらそんなことを言っていた。


真友良と駅で別れ、久しぶりに光と二人で混雑した電車に乗り、自分達の住む街に着いたとき、

「なんか妙に疲れたなぁ。夕飯の支度するの面倒だから今日は外で食べようよ」

光の提案に、全く同感だった。

「そうしよう、そうしよう、何食べようか?」

「今日さあ、祝日だから意外といろんな店がやってないかもね。何だろうなあ。あんまりガッツリしてないものがいいんだよな、俺」

私たちが、駅前で今夜食べたいものの候補を考えあぐねていると、

「光さーん! 幸さーん!」

遠くから聞こえた。声のする方を見ると、二、三十メートルも先の方にリクのシルエットが見える。大声を出すのもはばかられたので、二人でリクに思いっきり手を振ると、リクはこちらに向かって一直線に駆けて来た。私たちはどこにも逃げないのにものすごい勢いで近づいてくる。空には綺麗な秋の夕暮れが広がっていて、そのオレンジをバックにこ

ちらに駆けて来るリク。だんだんリクの表情が見えてきた。満面の笑顔が夕陽に照らされてキラキラ咲いている。ああ、またしても泣きそうになる私。何なんだろう、自分がすごく素敵な存在になったようなこの気持ち。

「早く！　早く！」

光がとても嬉しそうにリクに叫んだ。

「僕、僕、今日踊ってるときに光さんと幸さんのことわかりました。二人が来てくれてるって知って、すごく嬉しかったし安心しました」

肩で息をしながら言うリクは、さっき踊っていたときの挑むような不敵な笑みではなく、私が（おそらく光も）大好きないつもの天真爛漫な笑顔を浮かべていた。

結局、「前に連れてってもらったオーロラの写真が飾ってある店に行きたいです」のリクの言葉で、私たちはラ・ブレアに行った。

今日のダンスに私と光がいかに感動したかを語り、リクを誉めちぎると、リクは見たこともないくらい恥ずかしそうな顔をして、

「嬉しいです。嬉しいけどそんなに誉めないでください。恥ずかしくなります」

顔を真っ赤にして自分への称賛に耳を塞いだ。大人として恥ずかしいので、二人して泣いちゃったことは言わなかった。

「リク、別人だったよ。いつものリクと違いすぎて、俺、立ち直れないくらいの衝撃だったもん」

「私もそう思った。なんかね、せつなくなるくらいカッコ良かったよ」

それでも私たちが誉めるので、リクはオーロラの写真を見つめて自分の照れの逃げ場を作っている。そして、私たちがパスタを頬張って黙った瞬間、写真から目を離して、私と光を見た。

「僕、ずっと光さんと幸さんに会ってなかったから、すごく会いたくて……。淋しいって思いながらダンスの練習してたから、さっき駅前で光さんと幸さんが遠くに見えたときに幸せでたまりませんでした」

十八の少年ってここまで素直になれるものなのかしら？　真友良然り、普通の十八歳って自分をもう少し取り繕ったり大人っぽく見せようとするのに。齢《よわい》十八にしてこの純真さは宝だ。桃子さん、あなたは本当に天使を産んでくれたのです。そんなことを頭の中に思い浮かべていたら、無性に桃子さんにも会いたくなってしまった。

「ねえ、これ食べ終わったら、オペラに行かない？　私、桃子さんにも会いたい」

二人に言うと、

「あっ、いいねえ。さっきまですごい疲れてる感じがしてたのに、リクの顔を見たら俺、元気が出てきちゃったよ。ここでは飯だけ食って、オペラで飲もう！」

「光さん、幸さん、すごいです！　オペラって日曜・祝日は休みなのに、今日は桃子さんの知り合いの団体が来るから、お店を開けてるんです。しかも僕、明日振替休日で学校休みです。遅くまでオペラにいても怒られません」

　リクはものすごいスピードでパスタを食べ、それをコーラで流し込み、すでにリュックを背負っている。

「おいリク、お前元気だなぁ。あんなに踊ってたのに。俺は明日仕事だからほどほどで帰らせてもらうよ。こっちは三十代のおっさんなんだから」

　光が笑うと、

「光さん、おっさんじゃないです。すいません、僕、学園祭でダンスを踊ったら、なんかすごいアドレナリンが出て、ギンギンしちゃってるんです」

　真面目な顔で言うリク。

「ねえ、リク、そう言えばなんでさっき駅にいたの？　偶然？」

「えっ、違いますよ。僕、光さんと幸さんに会いたくて、学校出てからすぐに二人に電話したんだけど二人とも出なかったんです。僕、マジでせっかちなんで、いてもたってもいられなくてこっちまで来ちゃって……。二人の都合も聞かずに。ホント、僕の悪いところなんです、こうと決めたら我慢ができないところ。でも、無事に会えてゴハンまで一緒に食べさせてもらって良かったです」

私と光が同時に携帯を見ると、確かに両方の電話にリクからの着信履歴があった。電車に乗っていたか、駅構内を歩いていて気付かなかったんだろう。そんなに会いたがってくれてたなんて……、リクの頭を思いきり撫でたくなった。

今夜のオペラは混雑していた。三人でカウンター席に座ったが、十人近くの接客を、桃子さん一人でやっていたので、必然的に途中から私も光もカウンターの中に入って桃子さんの手伝いをした。私たちがお酒の用意をしたりおつまみを出したり洗い物をしたりして忙しくしていたら、

「光さんと幸さんはお客さんなのに……」

と桃子さんに文句を言ってふくれっ面になるリク。

「リク、私たちは全然平気、なんかアルバイトしてるみたいで楽しいよ」

「俺も、こういうの初めての経験だから嬉しい」

私たちがそう言うと、遠くから桃子さんが、

「リクはね、せっかく光くんと幸ちゃんが来てくれたのに自分が二人を独占できないから不貞腐れてるのよ」

と言った。それを聞いたリクは、

「違うよ。じゃあ、僕も手伝うよ。この菊どうするの？　花瓶に挿すの？」

カウンターの上に置いてあったお客さんからもらったらしい花束を持って桃子さんに聞いた。

「馬鹿！　それ菊じゃないよ、ガーベラ！」

桃子さんがリクを一蹴すると、リクはますます不貞腐れて、フグみたいに頬を膨らませた。私はリクの新しい一面を見て、ちゃんと親に反抗するんだと逆に微笑ましく感じ、そして、そうだよなぁ、花の名前とか宝石の種類とかいろんなことをまだまだ知らないのが十代だよなぁ、これからまだまだいろんなことを学びながら大人になって行くんだよなぁと、グラスを洗いながら妙に納得していた。

光

ぴゅーぴゅーと北風が吹いている。「肌寒い」なんて生やさしい寒さじゃない、骨の芯まで凍てつくような外気に身をすくめる。ただし、寒いのは決して嫌いじゃない。なんなら夏嫌いの俺にとって、冬は一番好きな季節だ。昔一度だけ行ったことがあるアイスランドをいつまでも懐かしく思い出してしまうのは、鼻の奥でツンと尖る東京の冬の匂いと、あの氷の国の匂いが似ているからかもしれない。夏よりも冬の方がファッションも楽しいし、食事も旨い気がする。それにクリスマスや大晦日、正月の賑やかでソワソワする感じも大好きだ。冬の雑踏の中にはしみじみとした温もりがある。

ただし、俺の中には、冬になると蠢《うごめ》き出す、厄介な「もう一人の自分」がいる。

滅多に来ない新宿の繁華街の狭い路地裏。ショッキングピンクで「オイルマッサージ」と大きく下世話に書かれた看板のある店の小さな入口のドアを開け、二階への階段を上がる。カウンターのうしろにズラリと並べられたチャイナ服姿の女たちの写真。写真の下にはそれぞれの女がナンバーリングされている。写真の周りを囲んだ電飾が光っているナンバーの子が今在店していて、「面会できる」ってことだ。

「四番」

照明やメイクで誤魔化された写真だから、過度な期待をしないよう自分に言い聞かせながら自分のタイプに一番近い顔とスタイルの子を指名し、受付前のソファーに腰を下ろす。ほどなく濃紺のチャイナ服に身を包んだ女が現れ、中国訛りの日本語で、

「いらっしゃいませ。どうぞ」

俺をロビーの奥の方へ促す。案の定、写真で見るよりずっと老けているし肌が浅黒い。けど、別にいい。そのまま彼女に付いて階段を更に三階へと上り、ずらりと並んだ小部屋の一つに入る。消毒薬の匂いの奥にねっとりした汗や体液の匂いがする。

「お客さん、洋服全部脱ぐね、ベッドの上に横になるね」

言われたとおりに服を全部脱ぎ、粗末な簡易マッサージベッドの上にうつ伏せになる。慣れたもんだ。マッサージオイルを背面に垂らされ、十五分くらいおざなりのオイルマッサージを受ける。太ももや尻をわざとギリギリのところまで撫でる女。

「それでは上を向いてくださいね」

感情がこもっていない声で言われ、今度は仰向けになる。新たにオイルを手にたっぷりとって、俺の足に、胸に、腹に指を滑らせる女。最後は下腹部へと手が伸び、始めは撫でるように優しく、だんだんと強く手を上下に動かし始める。俺が女の方へ手を伸ばすと、

「ダメね、お触り禁止ね」

女が悪戯っぽく言うので、

「いいじゃん。いくら払えばいい？」

そう聞くと、女は人差し指を立てた。オイルまみれで、勃起したまま簡易ベッドから降り、財布の中から一万円札を取り出して渡すと、女は無表情でするりとチャイナ服を脱いだ。下着は着けていなかった。


幸とのセックスに飽きたわけではない。ただ、俺は冬になるとどうしようもなく性欲が強まり、やみくもに誰かとヤリたくなる。前の晩に幸とセックスしていようと自慰行為をしていようと、朝目覚めたらすぐに「ああ、セックスしてぇ」と思ってしまう。

「夏は恋の季節」なんてみんな言う。テラケンも「女の肌の露出が極端に多くなるから、夏はなんかモンモンして発情する」と言っているが、俺にとって夏はただ暑くて鬱陶しくて嫌な匂いのする大嫌いな季節だ。俺にとっての発情期は、十代の頃からずっと冬だ。

十代のときに、初めて女の人とそういうことをしたのも冬だった。寒い部屋の中、布団に包《くる》まりながらの初体験だった。

どうにもこうにも自分を抑えきれない、どうやっても理性を保てない冬が今年もやってきてしまった。

幸と付き合い始めてからも冬になると浮気（気持ちは動かない。ただ性の捌《は》け口がほしくなるだけだ）を繰り返している。幸い、冬は気温が低いせいか幸の鍼灸の予約客がグッと増える。特に年配の患者さんが押し寄せて、昼も夜も幸が忙しくなるのが常だった。最初はかろうじて持ち合わせていた罪悪感も、浮気の数を重ねていくうちにあっさりと消え、「気持ちは動いてないからこれは浮気でも裏切り行為でもない。ただ単に性欲処理のための行為だ」と、都合のいい言い訳を自分の中で正当化しつつ、良心の呵責をかき消すようになっている。最近じゃ、これっぽっちのうしろめたさもありゃしない。


仕事が早く終わった夜、テラケンに電話して、

「なあ、今夜ちょっと飲まない？」

久しぶりに誘うが、

「やだよ、お前、どうせナンパ目的だろ？　今年も冬がやって来たんだな」

すぐに拒否られた。さすが長年の付き合いだ、バレバレだ。しかし俺はまったく臆することなく一人で渋谷のバーに繰り出した。

まずはビールを一杯飲み、そして高級テキーラをショットで一気にあおり、カーッとお気軽にテンションを上げる。そのあとは高めのウイスキーで作ったハイボールをちびちび

やる。酒は、高級な方が悪酔いしないし、次の日に残らない。しかもこのオーダーが一番気分良く酔えてスケベな気持ちに拍車がかかる。この季節、俺にとって酒は催淫剤でしかない。

ほろ酔いになった頃、店内にいる女たちを物色する。これがもっと早い時間だと客が少ないし、深夜になると年齢層がグッと上がるんだ。今がザ・ベストタイム。そんなに綺麗じゃなくてもいいし、スタイルもそこまで気にしない。遠回しな誘い方はしない、とりあえず普通に話しかけ普通に会話の流れをつかみ、そこでまどろっこしい感じがしたらすぐにその場を離れ、別の子に声を掛けて同じことをする。それが上手く行ったら、今度は別の店でツーショットになって飲み、セックスの入口に誘い込む。

俺の経験上、酒を飲んでつまらなそうにしながらも目がトロンとしている子が一番落としやすい。いた！　ほんのり酔いながらも騒がしい店内をボーッと見ている決して真面目そうなタイプじゃない子が。成功しなかったら今夜もどこかの風俗店へ行けばいい。この国はこんなんで大丈夫なのか？　ってくらい東京には風俗店がひしめきあってるんだから。俺のナンパの熱意なんてその程度のもんだ。

目をつけた女は妙に人懐っこく、すぐに俺との会話に食いついてきた。ただ、ほんのり酔っているのではなくかなり酔っている。二人で次の店に移動したとたん、俺にベタベタしてきた。これはもう間違いなくヤレる。時間がもどかしいからすぐにホテルに誘った。

二軒目の店をカクテル一杯だけで出て、腕を絡ませ合いながら円山町のホテル街を目指す。「とっとヤリたい」、俺の頭の中はただそれだけ。歩いてる途中に「鍼・お灸」の看板を見つけ、一瞬脳裏に幸がよぎるが無理やりかき消す。酔った女は千鳥足になりながら俺にまとわりついてきた。ただでさえ人でごった返してる繁華街の人混みを縫うように進む。ちくしょう、歩きづらい。溢れんばかりの若い男と女の巣窟、渋谷。この通行人みんなが性欲を持っていると思うと、なんだか性欲ってすげえエネルギーだよな、なんて改めて感じ入ってしまう。

平日だし、終電にはまだまだ時間があるし、どこかしらのラブホに間違いなく空室があるだろう。

ホテル街まであとワンブロック、ライヴハウスやクラブが密集しているところをさっきより少し足早に歩く。先に見える通りにはいくつもの『空』の文字が輝いている。どこでもいい。さっさと入って、さっさとヤろう。そう気忙しく思った矢先、こともあろうに路上でリクにバッタリ遭遇してしまった。バッチリ目が合う。一瞬にして酔いが醒める。こりゃ誤魔化せねぇなと思い、

「リク！」

偶然を喜ぶような口調で俺の方から声を掛けた。

「光さん……」

幸じゃない女と腕を組んでいる俺を見てリクは明らかに戸惑っている。

「誰ーっ？　このイケメンくん」

女が大声で間に入る。黙っててほしいときにどうして女という生き物は黙っていてくれないんだろう。

「あっ、俺の弟」

ついそんな風に言ってしまう。リクが「えっ？」という顔になる。

「やだあ、兄弟そろってカッコイイんだね」

何故か手を叩いて喜ぶ女。その声を遮るように、

「つーかリク、こんな時間にこんな場所で高校生が何してんだよ？」

リクに早口で聞くと、

「今夜、そこのクラブでクランプのイベントがあって、僕の先輩が出演してて、それを観に行ってたんです」

そう答えたあと、上ずった声で、

「光さんは何を……」

口ごもったので、

「えっ、俺？　俺はさ、今日このすぐ近所でこの子と飲んでたんだけどさ、なんか彼女急

に気分が悪くなっちゃってさ、送ってくとこ」

苦しい言い訳を放つ。リクは黙り込んでいる。こんなときの沈黙には全く生産性がない。続けざまに何か話そうとすると、

「兄弟なのに変な喋り方ーっ。しかも、送ってくって、どこに送ってくんだか？」

女がベラベラと口を挟んだ。これ以上何も言わせないために、

「リク、早く帰った方がいいよ。ここら辺この時間あんまり治安良くないんだからさ。桃子さん心配するって」

普段、自分の家で散々リクに夜遊びをさせているくせに、わざと兄貴ぶってそんなことを言った。

「大丈夫ですよ。僕、しょっちゅうここら辺のクラブのイベントに来てるし、今日は先輩とかダンスの先生も一緒だし」

リクが目をやる方を見ると、リクの仲間らしい男たちが数人でこっちを見ている。

「それより光さん、その人を送るの手伝いましょうか？」

ああ、お願いだリク！　今夜だけは俺をほっといてくれ！

「平気平気。つーか俺、明日も早いからもう行くよ。近々また遊びに来いよ」

そう言い捨てて、リクから離れて再び歩き出した。俺の背中にリクがまだ何か言いかけたが、それはクラブから出てきた若者たちの雑多な喧騒にかき消された。

相変わらず俺にもたれかかる女のせいで身体がかなり不自由だったからリクを振り返りもせずにただ遠くへ遠くへと進んだ。入るつもりだったラブホテルを素通りして、更に奥の細い道へと曲がる。その道にもホテルが何軒もあった。すっかり酔いは醒めている。リクに遭遇した場所からかなり離れたところにあるラブホテルの前で歩を緩めたとき、真冬にもかかわらず俺は汗びっしょりだった。

ホテルの入口に入る直前、念のため今来た道を振り返ったが、リクの姿は見えなかった。

人には二種類あって、一方は、臭いものや厄介なことに蓋をしたがるタイプ。もう一方は蓋を開けてクンクンその匂いを嗅ぎたがるタイプ。俺もリクも、つーか男のほとんどが前者だと思う。秘密をちゃんと秘密のままにできるのは明らかに女より男だ。リクが今夜のことを幸や真友良にベラベラ話す可能性はまずないだろう。

心のどこかでそんな風に思っていたので、リクに遭遇してしまうというハプニングがあったにもかかわらず、俺は一泊九千円のそのホテルに入り、その女ときっちり二回そういうことをした。ことが終わったあとにシャワーを浴び、

「俺、帰るわ」

眠そうにしている女の顔を見もしないで言った。

「ええっ、マジでぇ？」

女がそう言うのを聞きながら一人ホテルを出た。

前金制だったから金はちゃんと俺が払ったが、それにしても自分の人非人っぷりに自分でちょっと呆れる。射精してしまえばもうどうでもいい。この女ともう二度と会うこともセックスすることもないだろう。


寒さに震えながら大通りまで出てタクシーを拾って帰宅した。音を立てないように静かに部屋に入ったが、早朝から施術をしていた幸はとっくに眠ってしまっている。キッチンのカウンターテーブルの上にハンバーグと温野菜の載った皿があった。ジャーからゴハンを盛り、静かなリビングでそれを無心に食った。

かなり疲れているはずなのに、まだ眠りたくない気分だったので、『Ｃｏｌｄ Ｆｅｖｅｒ《コールド フィーバー》』のＤＶＤを久しぶりに観た。『Ｃｏｌｄ Ｆｅｖｅｒ』はアイスランドの映画監督、フリドリック・トール・フリドリクソン（アイスランド人の名前は本当に長い）が撮った作品で、二十年くらい前に日本でも公開された。日本人の若いサラリーマンがひょんなことからアイスランドへ行き、様々な事件に遭遇し、様々なことを体験するロードムービーだ。実際に見たことのあるアイスランドの景観と幻想的で不思議なストーリーが凄烈に心に刺さり、映画好きの俺にとって絶対に欠かせないフェヴァリットムービーの一つ。何年かに一度、寒い季節になると必ず見返したくなる。それをボーッと観ていたら、エロティックなシーンなど皆無なのになぜかまた発情してしまい、ソファーの上でモゾモゾと自慰行為をした。

映画が終わってから、今日の淫らな出来事を全て洗い流すように再び念入りにシャワーを浴び、髪が完全に乾かないうちに幸の隣に潜り込んだ。ものすごく眠いのになんとなく隣の幸の胸をまさぐると、寝ぼけまなこで幸が、

「ちょっとぉー、無理だって」

と背中を向けたので、自分の淫欲にほとほと呆れながらも、ようやく俺も目を閉じた。

海の中の魚たちは、その種類ごとに異なった棚に棲息する。冬の俺は、本来棲んでいる棚よりずっと深いところで泳ぎ、無駄なエネルギーを空費する一匹の魚みたいだなと思いながら、夜の闇に沈んでいった。

リク

まったく……、今日はツイてない。

我が校名物の激ウマメロンパンが昼前には売り切れで買い損ねてしまい、仕方なく久し

ぶりに学食へ行った。

　ロスから帰って来てからアルバイトをしていない上に、学園祭のダンス発表の練習のスタジオ代が思わぬ出費になってしまった僕は、単刀直入に言うと、最近かなりの金欠で、学食で昼を食べるのも「ちょっと贅沢だよな」と思っていた。学食で四百八十円使うなら、光さんちへの往復の電車賃の四百六十円使う方がずっと有意義だ。しかし今日は、購買のパンはとっくに売り切れているし、かと言って他の生徒の弁当のご相伴にあずかるような張り切った気分にもなれず、学食へ行ったたってわけだ。

　今日は特別だ！　って自分に言い聞かせて、一番人気の日替わり定食（本日は鳥の唐揚げとメンチカツだった）を頼んだら、あろうことか、内容が実にトホホだった。鳥の唐揚げはものすごく小さいのが二ピースだけ、メンチカツは油っぽくてちょっと臭い、野菜価格の高騰でキャベツの量も少ないし、マカロニサラダはマカロニをただマヨネーズで和えているだけで他の具材が入っていなかったし、味噌汁にはゴミみたいに小さなワカメが浮いていて、しかも味が薄い。

　そう言えばちょっと前に、光さんと話しているときに、学食の話題になったことがあった。

「リクの学校って学食あるの？」

「ありますよ」

「俺さ、今日の新商品開発会議のときに聞いたんだけどさ、最近、都内の高校の学食ってめちゃくちゃ経営難なんだってよ。どの学校の近くにもファストフード店とかファミリーレストランとか牛丼のチェーン店が進出してきてるし、コンビニもこぞって価格競争してるからさ、学生がみんなそっちに流れて行っちゃってて、学食利用者が激減してるらしいよ」

外食産業に詳しい光さんがそう言ったので、

「あっ。ラッキーなことに僕の高校の学食は安くて旨くてボリューミーで、すごい充実してますよ。昼休みいつも混んでます」

そんな風に、ちょっと自慢げに説明したばっかりだったんだ。

なのに、久しぶりに学食に来たら、このていたらくだ。味も量も質も明らかにレベルダウンしてるし、利用者も少なくなっているし、メニュウの数も減っている。僕が気付かぬうちに、学食経営難の波はしっかりこの学校にも押し寄せてきているじゃないか。せっかく思いきって学食に来て、四百八十円も払ったのに、だまし討ちにあったみたいだ。

マジで最近何をやってもパッとしない。気がつくとため息を漏らしていることが多々ある。猛烈に練習した学園祭のダンス発表が終わって、燃え尽き症候群みたいになっちゃってるのかなぁと一瞬思うが、違う。明らかにあの日からだ。そしてあの夜の場面をまたまた思い出してしまう。

あの夜、渋谷のクラブ街で光さんが僕の知らない女の人と歩いているところに遭遇したとき、光さんはいつもの光さんらしくなかった。明らかにバツの悪い顔をしていたし、やたらと僕を帰したがっていた。だから僕は気になって、光さんたちのあとをこっそり尾行してしまった。悪いと思いながらも、あのあたりにラブホテルがひしめき合っていることを知っていたから、二人の行先を見届けたくなってしまったんだ。

連れの女の人はかなり酔っていたし、光さんは焦っていて冷静さを欠いていたから、尾行するのはすごく簡単だった。『ラビリンス』と書かれた看板のあるホテルに二人がなだれ込む瞬間に、光さんがこっちを振り返ったときはビクッとしたが、即座に自販機の陰に隠れたから見つからずに済んだ。

光さんは「彼女を送る」と妙に目を泳がせながら言っていた。そしてあの女の人は「どこに送ってくんだか?」と下品な笑いと共に言った。その二人がホテルに入っていったってことは、そういうことだ。ラブホテルに行ったことのない僕でも、そこが何をするために渋谷の街中に存在するかは知っている。それくらいわかる。

ここで浮かんでしまう幸さんの顔……。あれって、いわゆる浮気ってヤツだよな? で、またまた憂鬱な気持ちになってため息をついてしまう。光さん、どうしてですか? 幸さんみたいに素敵な彼女がいるのにどうして他の女の人とベタベタしながらあんなところに入ったんですか？

学園祭でダンスを踊ったときに、踊り始めてすぐに光さんと幸さんが観客の中にいることに気付いた。だから、練習のときの何倍もの渾身の力で僕は踊った。そしたら今度は、二人が僕を見ながら泣いているのが見えた。顔をグチャグチャにしてまっすぐに僕だけを見ながら二人が泣いているのを見て、踊りながら僕も泣き出しそうになったんだ。光さんに怒鳴られたあとのことだったからなおさら嬉しかった。

踊りながら、光さんと飛行機の中で出会ったこと、初めて光さんちに行って幸さんに会ったこと、二人にすごく可愛がってもらっていること、そんなことが走馬灯みたいに思い出されて、感無量になっていたんだ。感謝と喜びでアドレナリンが出まくっていたんだ。それなのに……それなのに……。

「リク!!」

いきなり真友良に声を掛けられて、ガラガラの学食でびっくりして我に返る。

「何かあったでしょ？　最近、考え事ばっかりしてるし、光さんちにも全然行かないし。あんた、覇気がないもん」

いきなり僕の皿から唐揚げを一つつまんで口に放る真友良。

「別に何にもないよ。疲れてるだけだって」

「絶対に嘘！」

今度は僕の使っていた箸を勝手につかんで、マカロニを食べ始める真友良。

「マズ！　やっぱ最近、この学食マズイわ」

そう言いながら、今度はメンチカツの残りも食べてしまった。

「おい、勝手に食うなよ、人の昼飯」

「だって、リク、嘘ついてるんだもん。一人で学食に来て、ボーッと自分のお皿見つめて、全然食べてないじゃん。変だって。気持ち悪い！」

「余計なお世話だっつーの。しかもお前に関係ないっつーの」

大急ぎで残りのゴハンを食べようとするが、真友良がおかずを食べてしまったから食べるものが残ってない。すると、

「ほら、これあげる！」

バンダナに包まれた弁当箱をドンッと俺の前に置いて、そのまま学食から出ていく真友良。なんなんだよ、マジでこいつ。

「おい、いらないって！　おい！」

大声で言う僕を振り向きもしない。真友良はこっちを見ないが、学食にパラパラといた人たちがみんな僕を見ている。ほとんどの奴がクスクス笑っている。

真友良が光さんたちに接近し始めるようになって、必然的に僕も真友良と一緒に過ごす時間が多くなっている。校内でも、以前より会話が増えている。だから僕と真友良が「付き合ってる説」が再浮上し始めてるらしい。真友良のことを好きな生徒の一人が、「おい、リク、まさか付き合ってないよな?」と心配そうに確認しに来た。ああ、うっとうしい。あいつが勝手に僕の領域に踏み込んで来たせいだ。僕は面倒な女子が大嫌いなんだ。絶対に誰にも言わないけど、幸さんみたいに大人の女性が好きなんだ。スケープゴートになってるとしても、真友良だけはやめてほしい。

意地でも食うもんか! と思っていた真友良の弁当だったが、五時間目の数学(一番嫌いな課目だ)が終わってから、どうしようもなく腹が減ってついその蓋を開けてしまった。今日は午前中の体育がサッカーで走り回ったからいつにも増してエネルギー不足なんだ。半ば負け犬みたいな気分で弁当の中身を見たら、二種類のおにぎりと色とりどりの美味しそうなおかずが綺麗にギッチリ並んでいて、「あいつ、毎日こんなに旨そうな弁当を食べているのかよ?」と、お門違いにもちょっとムカつきながら食べ始め、ものの五分ですっかり完食していた。まだまだ意志薄弱だぞ、自分!

放課後の帰り道、「リクー!」と背中から聞こえた。逃げ出したい気持ちを必死に堪え振り向くと、真友良が駆け寄って来た。

「お弁当食べた？」

「あっ、うん」

満面の真友良スマイルが咲く。空になった弁当箱を差し出して、一応人としてちゃんと、

「ごちそうさま」

とお礼を言う。

「全部食べた？」

「うん」

「どうだった？　美味しかった？」

「うん」

「苦手なおかずはなかった？」

「うん」

「卵焼きは甘すぎなかった？」

「うん」

全ての質問に「うん」で答えていたら、

「やったー！　ねぇ、今日のお弁当、ぜーんぶ私が作ったんだよ。幸さんが『十代のうちに料理はやり始めた方がいいよ』って言うから、そうだなぁと思って。私、最近料理にハ

マってるんだ。お弁当も毎朝自分で作ってるの。前の日から下ごしらえとかして、たまにママにも手伝ってもらうんだけど、今日のは全部私が作ったの！」

ううっ。食わなきゃ良かった。こいつの顔、完全に勝ち誇ってる顔だ。

幸さんの名前を出されて、軽く腹が立ったが、なんせ真友良の弁当を全部食べちゃった身としてはここで文句を言うわけにもいかない。僕がノーリアクションを通すと、

「ねぇ、今から光さんちに行くんだけど、リクも一緒に行かない？」

こいつ、いつの間にか僕に断りもなく光さんたちと約束しちゃってるよ。ふざけんなよ。マジ、ないわ。

「えっ、今日はいいや」

例の、光さんの浮気現場を目の当たりにして以来、光さんちに足が向かなくなっていた僕が遠慮すると、

「行こうってば！　光さんも幸さんもリクにすっごく会いたがってたよ」

真友良は妙に淋しそうな声を出しやがった。そして、その言葉で幸さんの笑顔を思い浮かべ、気持ちがグラッとなった僕は、結局真友良と一緒に光さんのマンションに行くことにした。あんまりご無沙汰してるのも変だし、とにかく二人に会いたい……特に幸さんに。

それにしても、もともと僕が知り合って仲良くなった光さんと幸さんなのに、なんで真友良が僕を彼らの家に誘ってるんだろう。腑に落ちない気持ちでいっぱいになりながら僕

は真友良と共に電車に乗った。同じ電車に顔見知りの生徒がチラホラいる。何人かがこちらを好奇の目で見ながら何やらコソコソ話している。ああ、やっぱり真友良は僕の疫病神だ。

けれど、久しぶりの再会にもかかわらず、光さんも幸さんもいつもと全く同じ態度で僕を招き入れてくれた。やっぱり今回も真友良がしゃしゃり出てくれたお陰だ。ここに来るのを躊躇《ためら》っていた自分が滑稽に思えるほど、光さんも幸さんも違和感皆無で僕に話しかけてくれる。何があってもすぐに平常心を取り戻す、それが大人ってもんか。

光さんは、あの夜のことなんてなかったみたいに、

「リク、なんか久しぶりだなぁ。リクに会うと気分がアガるよ」

僕の頭をクシャクシャッて撫でた。

「ちょうど良かった。今日、真友良ちゃんとクッキーを焼く約束してたの。リクと光に味見してもらえる。案外時間かかるから二人とも待っててね」

幸さんも本当に嬉しそうな顔で僕に笑いかけてくれた。

それにしても、幸さんとお菓子作りの約束をしているなんて、真友良ってマジで抜け駆けの天才だ。

「私、本格的なクッキーを作るの初めてです。楽しみーっ。あっ、幸さん、今日リクにお

弁当作ったんです。リク、『美味しい、美味しい』って、全部食べたんですよ」

なんて、事実をちょっと歪ませたことを言って、幸さんとキッチンに入っていった。

二人がクッキー作りにいそしんでいる間、光さんと僕はリビングのソファーに二人で座って久しぶりの会話を楽しんだ。

「リク、学園祭のあともダンスの練習に励んでたの？　最近、全然うちに来なかったからさ」

「はい。ダンスは絶対に毎日やってます。『ＲＩＺＥ』のＤＶＤで、ダンサーの一人が『踊りのスタイルは毎日変わる。一日もセッションに来なかった奴はすぐにわかる』って言う場面があって……。本当にそうなんですよ。だから、毎日ちょっとの時間でもダンスの練習はしてるんです。踊ってないと、ダンスも自分自身も退化しちゃう気がして怖いんです」

「偉いな、リク。その歳でそんな風に思って」

「学園祭とかイベントとか、人前でダンスを踊ったあとって、もっともっとダンスが上手くなってもっともっといろんな人に踊ってるとこを見てもらいたくなるんです」

「そっかぁ。高校生なのにそんなに自分自身を奮い立たせて夢中になるものがあって、なんか羨ましいくらいだよ」

「でも、ダンスばっかりやってるから学校の成績、マジでヤバいです」

光さんが渋谷事件（僕の心の中だけで勝手にそう呼んでいる）のことに全く触れなかったので、僕も敢えてあの夜のことには一切触れずにおいた。男同士の暗黙の了解って感じだ。だから、最初はダンスのことや僕の学校のことを話していた。取れたてホヤホヤニュースとして、光さんの言っていた「学食経営難」の波が僕の高校にも押し寄せてきたことも報告した。次第に話題がアイスランドのことになる。

「僕、光さんにアイスランドのオーロラの話を聞いてから、夢中でアイスランドについて調べちゃいました。ほら、これ見てください」

この間、プリントアウトしたのに渡せずじまいだった『アイスランドでオーロラを見ちゃいました!!』のブログ記事を光さんに見せる。光さんは興味深そうにそれを熟読し、

「あっ、やっぱ、俺がアイスランドに行ったときから色々変わってるんだな。俺もまたアイスランドに行きたいな。で、またオーロラが見たい」

って言った。しめた！　とばかりに、

「レイキャビクにいてもオーロラが毎晩見れるわけじゃないんですね。やっぱり光さんがアイスランドに行った時期がすごくいい時期だったんですね。毎晩オーロラを見てたなんて、光さんめちゃくちゃラッキーです。夏の間は滅多にオーロラが見れないみたいです」

ネットで仕入れたアイスランド情報をどんどん光さんに教える。

「あっ、そうそう現地の人が言ってたよ、光はラッキーボーイだって」

「しかも今、アイスランドって日本食がちょっとしたブームで、レイキャビクには日本食レストランやラーメン屋まであるらしいです」

「マジか？　すげえな。俺が行ったときにはそんなのなかったよ。チャイニーズレストランが一軒あったけど」

「僕、絶対にアイスランドへ行ってみたいです。それでオーロラが見たいです。寒いの大好きなんで、きっとアイスランドと相性がいいと思うんですよ、僕」

「ははは。奇遇だね。俺も冬が一番好きな季節なんだ。行くなら冬だもんな。なんか、リクと話してるとマジで行きたくなるなアイスランド。忘れられない国なんだよ。幸も連れて行ってオーロラ見せてやりたいなあ」

キターッ!!　その言葉待ってました！

「行きましょう！　光さん、一緒に行きましょうよ！　僕、バイトしてお金貯めるんで。馬鹿みたいに頑張るんで。僕だけエコノミークラスでいいし、しかも調べたら、以前よりずっとエアーチケット代が安くなってるんですよ。ものすごい数の旅行会社のホームページで飛行機代調べまくったんです」

検索して得た知識を一気に矢継ぎ早に話したから、喉がカラカラになった。

「クランプもそうだけどさ、リクって自分が好きなこととか自分の夢にホント忠実だよな。

すごいよ、そういうトコ。男はそうじゃなきゃダメなんだよ。最近の若い男は没個性な奴ばっかりだと思ってたけど、リクはマジで違う。行こう！　絶対に一緒に行こう！」

やったーっ!!　ビールでちょっと酔った光さんが、僕の肩に手を置いて本気でそう言ってくれたので、

「ウオォォォ！」

嬉しすぎて変な雄叫びをあげてしまった。その声を聞きつけて、

「ちょっと、大丈夫？　リク、なんでそんなに興奮してるの？」

幸さんがこっちに来たので、

「行きましょう！　絶対に近い将来、三人でアイスランドに行きましょう！」

興奮ついでに、光さんと幸さんの手を握って言った。

「あれれ、急になんの話？　でもアイスランド行きたいな私も。今一番行きたい国だなぁ」

幸さんがすぐに賛成してくれたので、僕は昇天しそうに嬉しかった。

ハッ！　としてキッチンの方を見ると、真友良はクッキー作りに夢中になっていて、こちらの話を聞いていない。僕らの会話を聞いていたら絶対にあいつも、「私も行くーっ！」って言うに決まってる。それだけは勘弁だ。ああ、神様っているのかもしれない。

「珍しいね、リクがそんなにハイテンションになってるの」

幸さんがニコニコしながら言ったので、

「もう、光さんと幸さんと三人だけでアイスランドにオーロラを見に行くのが、僕の新たな夢になったんです。絶対に三人だけで行きましょう！」

小声ながら「三人だけ」を強調する僕に、光さんも幸さんもすぐに僕の心中を察したらしく、キッチンの方を見て困ったように笑っている。真友良の名前が出ないように、

「僕、興奮しすぎちゃって……。すみません、幸さん、ジュースのお替わりもらっていいですか？」

すぐに幸さんにお願いした。幸さんは黙って頷き、光さんにはビールのお替わりを、僕にはオレンジジュースのお替わりとあったかいミルクティーを持って来てくれた。僕がミルクティーが大好きなことを知ってくれてさりげなく淹れてきてくれる優しさ。幸さん、気配り上手でその上綺麗で、僕はあなたほど素敵な女の人にいまだかつて会ったことがありません。キッチンに戻る幸さんの背中を見ながら思う。

光さんが、

「あっ、そうだ！　この映画、かなり前の作品なんだけど、アイスランドが舞台になってて、しかも主役が日本人なんだよ。貸してあげるからこれ観てみ。きっともっとアイスランドに行きたくなるよ、リク」

『ColdFever』っていうタイトルのDVDを僕に差し出した。

「わっ、わわわ。全然知りませんでした。帰ったらすぐに観させてもらいます！」

またまた僕が知らなかった新しい情報をポーンと教えてくれる光さん。ありがたすぎる！　お兄さんがいたら絶対にこんな感じなんだろうなぁ。ダンスの先輩はあくまでも先輩って感じだが、光さんはホントに「兄貴」って感じだ。一人っ子の僕は、「いいなぁ、光さんの妹の飛鳥さんは、生まれたときからこんなお兄さんがいて」と、本気でしみじみしてしまった。

キッチンからはクッキーの焼ける甘〜い甘〜い匂いが漂い始めた。ますます幸せ気分に拍車がかかる。異様に散らかっていた気持ちが綺麗に片づけられて、心の掃除が完了したみたいな気持ち。今夜ここに来て本当によかった。

幸

クッキー作りをなめていた。

真友良に、

「私、女子力アップしたいんです。メイクとか料理とか、大人の女の技みたいなの教えてください。あと、お菓子作りも！」

胸を打たれるくらいまっすぐな瞳でそう言われたのが先週のことだった。

自慢ではないが、私は髪をセットしたり顔にメイクを施したりするのがとても苦手だ。それだけでなく、服装、仕草、行動、全てにおいて、世間で言う「女子力」が、かなり低い。

光の妹の飛鳥に「幸ちゃんって、鍼を刺すのは上手いけど、女として案外不器用だよね。特にメイクが下手。スッピンが多いからかもしれないけど、たまにメイクすると顔がこってりして全然綺麗じゃないもん」なんて、耐えきれずに笑われたことがあるくらいだ。私の方こそ「大人の女の技」を誰かに伝授していただきたい。

「私より真友良ちゃんの方が絶対にメイクとか上手いって。そもそも私より真友良ちゃんの方が百万倍女子力が高いもん。私、昔っから真友良ちゃんみたいに可愛い仕草とかできないし」

自嘲気味に真友良にそう言うと、

「じゃあ、料理やお菓子作りを教えてください。私、自分でお弁当を作ったりお菓子を焼いたり、そういうことがしたいんです。今までそういうの全部ママにやってもらってたから、全然わかんなくて」

真友良に手を合わされた。「きっと私より真友良ちゃんのママの方がずっと上手だから、ママに教えてもらいなよ」と言おうとしたら、

「幸さん、前に言ってたじゃないですか。十代のうちに料理はやり始めた方がいいって。私、それ聞いて何だかハッとしちゃったんです」

ああ、偉そうなことを言うんじゃなかった。

真友良に先手を打たれてしまったので、先週は卵焼きとハンバーグを、今週はクッキーを作るハメになったのであった。

私は誰かに何かを優しく教えたりすることが実はかなり苦手なのだけれど、十歳年下の真友良に懇願されて、「めんどくさいからイヤ」なんて大人げないことを言うわけにもいかない雰囲気だったのだ。

それにしても、人間って恋をしているときが一番自己チューになる。熱意と言ってしまえばそれまでだが、恋が絡んだ私利私欲ってとてもわがままだ。真友良のそれに負けた私は、渋々我が家のキッチンを真友良の教室として開放することをオッケーした。

お菓子作りなんて、小学生か中学生のとき以来だ。遠い昔すぎておぼえていない。しかし、女は人生で一度くらいは手作りのお菓子を作ってみたくなるもんなんだと思う。こんなに大雑把でこんなに女子力の低い私でさえ、少女の頃にはクッキーやシュークリームを

焼いて乙女っぷりを咲かせた時期があったのだから。

ただ、この歳になると、お菓子作りの上級者やプロが作ったものならともかく、素人が手作りするくらいならどんなお菓子もお店で買った方がよっぽど美味しくて安上がりだと知ってしまう。ご多分に漏れず、私も、大人になるに連れ、料理の腕前は上がったが、お菓子作りからは完全に遠ざかってしまった。


一番簡単そうな型抜きクッキーくらいならチョチョイと教えられるだろうとたかをくくっていた。しかし、しかしである。レシピをクックパッドで調べ、材料を揃え、いざ作り始めると、クッキー作りはとにもかくにも面倒な作業だらけだった。粉をふるったり、生地を一定時間寝かせたり、木の棒で厚さが均等になるように伸ばしたり、緻密さとかなりの力を必要とする重労働だった。しかも、昔はそんなこと気にならなかったが、たかだかシンプルなクッキーなのに、それを作るには、目が飛び出るくらい大量のバターと砂糖を入れる。そこまで健康を気遣っていない私ですら思いっきり躊躇してしまうほどの分量がレシピに載っている。

「うわぁ、いい匂い」

新陳代謝が活発な現役乙女の真友良は何も気にせずに、ボウルに材料を入れる段階からとても楽しそうにしている。クッキー作り開始十分くらいですでにその工程と脂肪分と糖分に閉口していた私は、勝手に砂糖とバターの量をレシピに書かれている半分くらいの量に減らし、真友良にあれこれ指示する素振りで、こねる作業や伸ばす作業を全て彼女に任せ、カウンターの向こうで楽しそうに話している光とリクに飲み物を運んだり、次々に出る洗い物を洗ったりして、肝心のクッキー作りから逃げてばかりいた。

ようやく型で抜いた生地をテンパンに載せ、オーブンに入れ、あとは焼き上がりを待つだけになったときも、「真友良ちゃん、残りの作業は任せた！」と言いたかったが、グッと我慢して言わなかった。卵白と砂糖と何色かの食品着色料でデコレーション用のアイシングを作ったり、クッキーの表面に塗るチョコレートを溶かしたり、これまた面倒な作業を率先してやった。さっきまでただでさえ狡猾に怠けていたのだから、せめて最後の工程くらいはストレスと苛立ちを隠して先輩女子っぽさを見せようと、涼しい顔を取り繕って頑張った。

いい匂いがオーブンから立ち上り、綺麗な色にクッキーが焼き上がり、あとはクッキーが冷めるの待ち、アイシングとチョコレートで飾りつけるだけになったとき、今度こそ口に出して、

「真友良ちゃん、飾りつけは任せた！　ここからが一番楽しい作業だから。私はちょっと用事を済ませてくるね」

うそぶいて、真友良をその気にさせた。

「クッキーをデコレートするの楽しい！　ネイルアートをやってるみたい！」

真友良が嬉々としてクッキーの仕上げをやり始めたので、私は誰にも気づかれないようにこっそりベランダに出て、寒さに凍えそうになりながらも立て続けに二本タバコを吸った。

普段は全くタバコを吸いたいなんて思わないのだが、何かに思いきり集中していたときや、疲れ過ぎたあとにだけ私は喫煙者になる。飛鳥も喫煙者なので、飛鳥と二人で飲んだりするときもついつい吸ってしまう。私が知る限り、タバコを吸っているのも、禁煙に成功しないのも、圧倒的に男より女だ。


キッチンに戻って、残りの洗い物を済ませ、コーヒーを淹れる。

真友良は、ヒヨコの形のクッキーには黄色と白でアイシングを、花の形のクッキーにはピンクや緑のアイシングを施し、ひび割れた部分や少し焦げた部分を上手く隠し、「さすが女子！」と言うしかないようなそれはそれは可愛らしいファンシーなクッキーをどんどん完成させている。私が仕上げていたらこうはいかないだろう。

「真友良ちゃん、センスいい。ものすごく可愛い！」

一瞬こちらを見てニコッと笑い、すぐにまた真剣な顔でクッキーにチョコレートを塗っている。ずっとかがんで作業しているから腰が辛そうだ。真友良にも鍼をやってあげたいな、なんてお姉さん心が覗く。

リクのダンスを見たときもそうだったが、真友良の必死な感じを見ていると、いつの間にか自分がすっかり忘れていた「夢中になる生真面目さ」を思い出す。未知の物事や好きなことに邪念なくひたすら向き合う集中力。人間って、大人になればなるほどそういう集中力が途切れがちになっていく。それって、イコール、成長することが困難になってくってことだ。そうなんだよなぁ、歳をとると人ってなかなか成長しなくなるんだよなぁ。できることなら十代から二十代前半までに吸収できることは全部吸収して、学べることは何でも学んだ方がいい。リクも真友良もそんな風にして大人への階段を踏みしめてほしい。

健気な二人の若者と接するようになって、私は自分でもびっくりするくらい「若さ」とか「加齢」を客観視するようになって、今まで気付かなかったことに気付いてしまう。年下でも年上でも、違うジェネレーションの人から学んだり気付かされたりすることってきっとすごく多いんだ。キッチンにいる真友良を、そしてリビングにいるリクを見て、「私、この子たちから学んでることが意外にあるわ」なんて、さっきまでクッキー作りに苦戦していたことをすっかり忘れ、そんな風に誠実な気持ちになっていた。

完成したクッキーをお皿に並べ、普段は使わないカップ&ソーサーのセットにコーヒー

（高校生にはカフェオレ）を入れ、リビングのテーブルへと運ぶ。デコレーションをしてある鮮やかなクッキーと、していないシンプルでオールドファッションなクッキーの二種類がある。

「リク、食べてみて！　光さんも食べてみてください」

真友良が誇らしそうにクッキーを勧めると、リクは知ってか知らずか真友良が懸命にデコレートした方ではなく、シンプルな方のクッキーを一つつまんで齧った。

「……美味しいです」

一瞬の間のあとにリクが困ったように言う。即座に真友良が、

「ねぇ、こっちも食べて！」

ヒヨコの形の真っ黄色のクッキーを差し出すと、それも一齧りして少し顔をしかめるリク。

あれっ、なんか様子がおかしい。そもそも、私も真友良もクッキーを作ったはいいが、完成品を味見していなかった。すかさず私もクッキーを食べた。まずはシンプルな方。

……ま、まずい。言い様もなくマズイ。全く味がしないし、パッサパサだ。口の中の水分を全部持っていかれるような舌触り。ヤバい、私がバターと砂糖を勝手に減らしまくったこと、間違いなくそれが原因だ。

「やだ、固い」

アイシングを施した方のクッキーを齧った真友良が顔をしかめながら言う。私も続け様にそっちの方を齧る。こっちの方は表面がやたらと甘いけど石みたいに固い。咀嚼《そしゃく》すると、「パッサパサ」と「カッチカチ」が口の中で喧嘩してなんとも不快な食感だ。

ああ、お菓子はきちんと分量を量るのが一番大事なのに、それを無視した私の責任だ。味の悪さより、あんなに頑張っていた真友良の笑顔が一瞬にして曇っていることに申し訳なくて仕方ない。ここは余裕の笑顔を見せて、謝ろう。真友良にも男二人にも、私が分量を間違えたせいだと正直に謝ろう。そして、真友良が落胆したままにならないように今度ちゃんとクッキー作りを仕切り直そう。

「ゴメン……」と言おうとしたその瞬間、

「うわっ！　これ、クソマズ！　こんなまずいクッキー食ったことない!!」

クッキー一枚丸ごとを口の中に頬張った光が、この世のものとは思えないくらい憎々しい声で叫んだ。

カッチーン。このクッキーがびっくりするくらいマズくて、見かけ以外に誉めるところがないのは、リーダーシップをとって作っていた私が一番わかっている。けれど、親しき仲にも礼儀あり、もうちょっと言い方っつーもんがあるだろ!?　三十も過ぎたらもうちょっとオブラートに包んだ否定の仕方ができるだろう？

やりたくもないクッキー作りが重労働だったため、なんとなくささくれていた私の心の皮を、光にベロンベロンと剝がされたように痛い痛い怒りが湧きあがる。

リクはうつむいたまま顔を上げないし、真友良は泣き出しそうになっている。さっき、アイスランドの話をして狂喜乱舞していたリクの笑顔、クッキーを仕上げているときの真友良のひたむきで麗しい顔、二人の青少年の純心までもが光のボロクソな言葉で辱められたみたいに感じちゃったのだ。

「ちょっと！　なんなのよ、あんた！」

私は光に対して世の中がひっくり返るくらいの大声で叫んだ。

「せっかく真友良ちゃんと時間かけて作ったのに、もうちょっと違った言い方があるでしょ？　何様なのよ、あんた！　あんたってさ、ときどき信じられないくらい思いやりがないんだよ！　平気な顔して人の心をズタズタに切り裂くみたいなとこがある！」

「ちょ、ちょ、落ち着けよ、幸」

今までに見せたことのない表情と口調でつめよる私に光が面食らっている。私は私でまだまだ全然怒りがおさまらない。自分の非を認めたくなくて怒りだす人っているが、今の私はそれなのかもしれない。でも構わない！

「光ってみんなに『いい人』って言われるけどさ、実は他人に興味がないだけなんだよ。自分にしか興味がないの。ただ他人から『いい人』って言われて悦に入るのが大好きだから、人に優しくしたり何かをしてあげてるけどさ、そういうの全部単なる自己満足だっつーの。上から目線で人に接すると、優しくしたり何かしてあげるのなんてものすごーく簡単で気持ちいいもん。苦労知らずの甘ったれってさ、ときどき残酷すぎて嫌になるわ!!」

あっ、ちょっと言い過ぎてるかも、これってやっぱ逆ギレなのかも、って思いながらもそうまくし立ててしまった。

光の顔が見る見る凍る。本当に瞬間冷凍されたみたいに無表情のままパッキパッキに凍っている。パッキーン！　その氷がいきなり壊れて今度は見る見る鬼の形相になった。もともと普通にしていてもちょっと笑っているような光の顔は、怒るとものすごーく冷酷な表情を見せる。

「てめえ、ふざけんなよ!!」

光が大音声で怒鳴り散らす。聞いたこともないくらいの語調で、あまりにも激噴しているから声が裏返ってしまっている。そして、間髪入れずにコーヒーカップを迷いなく私に投げつけた。あまりにも突然のことで私が動けずにいると、そのカップは見事に私の肩に命中して、私はコーヒーを上半身に思いっきり浴びた。痛くて熱い。今までにも口喧嘩はしょっちゅうだったが、物を投げつけられたのは初めてだった。その光の行動に私は唖然としてしまったし、光も光で自分が暴力的なことをしたことが信じられないといった面持ちで呆然と身動きを取れずにいる。みんなの心臓の音が聞こえそうな寒々とした静けさが部屋の中を支配している。

どうしよう、と途方に暮れていたら、突然リクが駆け寄ってきて、ソファーにかかっていたブランケットを私にバサリとかぶせ、私の肩を摑んで立ち上がった。条件反射で私も腰を上げる。

「光さん、酷いですよ！　光さんが悪いです。女の人に物を投げつけるなんて、男としてあり得ないです！」

リクまでもが聞いたことのない大声を出した。いつもおとなしいリクがこんな声を出すなんて。驚いていると、

「お前はすっ込んでろ！」

すかさず光が言い返した。さっきまで男と女に分かれて終始穏やかだった空気がぐちゃぐちゃになっている。真友良はオロオロビクビクとすすり泣くばかり。またまたリクが何か言うかと思いきや、リクは口をぎゅっと結んだまま私をリビングのドアまで引っ張って連れて行き、そこでおもむろに光を振り向いてようやく口を開いた。

「光さんが幸さんを大事にしないなら、僕が幸さんを貰っちゃいます！」

えっ？　はい？　何？　なんて言ったの？　フリーズしている私の腕をとって、リクはグングンと玄関へと向かう。リクの握力は少年のそれではなく、男のそれだった。

「リク！　リクー!!」

今度は真友良の叫び声を聞きながら、私とリクはマンションの外に出た。

私と光とリクと真友良。ほんの十分くらいの間に全員が聞いたこともないような大声を出した夜、空にはまん丸の満月が光っていた。


マンションを出たあとも、あまりにも強い力とスピードでリクに腕を引っ張られて歩いていたので、息が苦しくなってきた。

「リク！　リクってば、ちょっと待ってよ！」

ようやく我に返ってリクに声をかける。するとリクはパタリと歩を止めて、くるりと私の方を向いた。

「幸さん、すいませんでした。僕、ショックでカッとなっちゃって。あの場にいるのが嫌になっちゃって」

「あっ、ううん、全然。でも、ごめん、私、今の状況を上手く把握できてないっていうか、なんていうか……」

実際、光がクッキーを食べてから起こった出来事を反芻する間もないくらい、この状況は急展開だった。マンションを出る直前に、どういう心理でリクが「僕が幸さんを貰っちゃいます」と言い捨てたのか、その真意もわからない。今、何を言えばいいのか、どう行動すればいいのか、私のキャパシティーの中にはその答えが見つからない。だから、

黙ってリクを見つめると、リクは全く表情を変えずに、

「幸さん、僕、幼稚園のときのアンちゃんって子が初恋だと思っていたし、今までに女の子と恋愛ごっこみたいなことをしたこともあるけど、でも、でも、本当の初恋は幸さんです！」

そう言って、いきなり私の唇に自分の唇をブチューと強く強く押し当てた。そして、またまた私の頭の中にクエスチョンマークが飛び交った瞬間、リクは逃げるように私から走り去っていった。そのスピードが、あまりにも速かったため私はすぐにリクの姿を夜の帳《とばり》に見失ってしまった。っていうか、えっ？　えっ？　えええええーっ？


リクにキスされてしまった。顔の近付け方も唇の触れ方も、ロボットにキスされたみたいな、そんなキスだった。そして、呆気にとられている間にリクはいなくなってしまった。

一体、何がどうなってこんな事態になったんだろう。思いきり自分の腕をつねってみる。痛い、ってことは夢じゃない。今度は静寂を壊すためにわざと咳払いをした。音が響く、ってことは幻でもない。私を動かしている糸がこんがらがっちゃったみたいな今宵。とりあえず寒い。ブランケットをポンチョみたいに羽織っているけれど、なんせ私の洋服はコーヒーでびしょびしょだったし、慌てて飛び出してきたから足元は素足にビルケンシュトッ

クのスリッポンだ。鍵はポケットの中に入っているが、この間飛び出したときと違い、今夜は財布も携帯も持ってきていない。東京の街で女一人、お金も電話もなかったらにっちもさっちもいかない。家に帰ろう。どうにでもなれ。

それにしても、どうしてたかだかクッキーを失敗したことからこんな大惨事になったんだろう。バターと砂糖の怨念なのかしら？

光

何なんだこの展開は？　リクが幸を連れ出すなんて、予想だにしていなかった。

呆気にとられたまましばらく玄関の方を見つめ、ようやく視線をリビングの中に戻す。

ポツンと残された俺と真友良。

テーブルの上には今の状況にてんでふさわしくないカラフルなクッキーがチカチカと並び、さっき幸に投げつけたマグカップはラグに転がり、ラグには泥水みたいにコーヒーの染みが広がっている。すっかりラグに沁み込んでしまったコーヒーをいまさら拭き取る気も起こらない。ちょうどいい機会だ、新しいラグに買い替えよう。訳もわからずぼんやりとラグが売られているインテリアショップの候補を思い浮かべる俺。

真友良は一点を見つめて爪を噛んでいる。人形みたいに動かない。俺も真友良も次にどんな行動を起こせばいいのかわからないのであった。


それにしても、リクって幸のことを好きになってたんだなぁ。

自分の彼女をこんな風に言うのもなんだが、幸みたいにすごく綺麗ではないけれどブスでもなく、独特な世界観を持っている女ってのは案外モテる。そういう女って男心を妙に刺激する何かを持っている。だが、しかし、まさかあのリクが幸に魅せられていたなんて、あまりにも意想外だった。まるで歳の離れた姉弟みたいな二人の顔を思い浮かべていたら、

「やっぱりな。なんか変だと思ってたのよね」

真友良が突然沈黙を破った。

「えっ、何が？」

そう聞くと、

「リクって、光さんと幸さんといるとき、妙にいい子なんだもん。いつもよりずーっと好青年なんだもん。まさか、幸さんを好きになってたなんて……」

誰に言うわけでもない感じで、俺が思ったことと同じことを言った。

「えっ、リクって普段はあんな感じじゃないの？　もっと悪ガキっぽいの？」

「悪ガキって言うか、もっと失礼だし、もっと無愛想なの。協調性がないし、他の子がはしゃいだり騒いだりしてるのをちょっと馬鹿にした顔で見てたりするし。学校ではあんなにハキハキ喋らないもん。光さんたちといるときよりずっと無気力な感じなんだもん」

口から爪を離して、憎々しそうな表情を見せる真友良。

「あとね、中学生くらいのときから自分のこと『俺』って言ってたのに、光さんと幸さんには絶対に『僕』って言うし」

呪詛《じゅそ》を呟いているみたいな口調だ。

「そっか。でも、十代の男なんてそんなもんだって。俺なんて、十代の頃から酒も飲んでたし、普通にタバコ吸ってたし、今のリクよりずっと不真面目なガキだったよ」

少しだけリクの味方をすると、

「それだけじゃないもん!! リクって光さんや幸さんが思ってるよりずっと生意気で、もっともっと子供っぽくて、すごく失礼なんだもん! なのに幸さんのことが好きだなんて図々しすぎるもん! 絶対に釣り合わないもん!!」

今度は俺を罵倒するがごとく鋭い視線を投げてきた。

可愛いよなぁ、十代の女子って。素直じゃないんだよなぁ。そっか、そっか、真友良はリクのことが好きなんだなぁ。そう言えばそうだ。しっかり思い返せば、真友良のリクに対する一挙手一投足、全てが恋する女の子のそれだった。今更ながら気付いた。本当に俺は恋愛の機微にうといんだなぁ。そりゃみんなに突っ込まれるわけだよな。

それにしてもこんな美少女をヤキモキさせるなんて、リクもなかなかやるじゃないか。

そう思いながら、

「まあまあ、真友良ちゃん、落ち着けって」

興奮気味の真友良を落ち着かせるために、彼女の肩に手を置いた。華奢な肩、十代特有のツルツルの肌、白いうなじ、甘いシャンプーの匂い。ん? ヤバい、ヤバいぞ。冬の虫がワサワサと蠢き始めたぞ。おい、ちょっと待て、俺! 相手は十八歳の女子高校生だぞ。

しかも、今はまるでそんな状況じゃないだろ。

俺と幸が喧嘩して、リクが幸を連れ出して、俺と真友良が取り残されただけだ。しかも、俺と幸は恋人同士で、真友良とリクは幼なじみで、真友良はリクが好きで、リクはどうやら幸を好きになってる……。いろんな人間模様がこんがらがった状況だが、どこをどうやっても俺が真友良にムラムラする理由もないし、決してそんな場合じゃない。

そう自分に言い聞かせながらもちゃっかり真友良の肩を抱いてしまっている。ちゃっかりついでに少しだけ真友良の肩をこっちに引き寄せると、真友良が身体を硬直させながら俺の顔を見た。うっ、可愛い。我ながらとんちんかんだと気付きながらも、思わず真友良のピンクの唇に自分の唇を近付ける。

「いやーっ!!」

真友良は思いっきり俺をはねのけた。あまりにも突然のことでソファーから転がり落ちる俺。うわっ、気まずい！　何か言い訳をしようと、真友良を見上げると、今度は目の前に、制服の短いスカートから出ている真友良のピチピチした太腿があった。ああ、またまた冬の虫がワサワサと集まる。

「ごめん、何もしないよ、ごめん」

言いながらも今度は真友良の足に触れると、

「いやーっ！　やめてー!!　私、リクが好きなんだもん！　キスもそれ以上も初めての人は絶対にリクなんだもん!!」

真友良は嗚咽まじりに泣き出した。綺麗な瞳から零れ落ちるいたいけな少女の涙。今まで見てきた真友良の中で最も子供っぽい仕草。マジで我に返り、

「ごめん、ホントにごめん」

真友良に謝ろうと思い、即座に立ち上がると、今度は、

「きゃあああっ、来ないでー!!」

悲鳴を上げる真友良。ああ、どうすりゃいいんだ。つーか、俺、ホントに何やってんだよ。そう思った矢先、

「あんた！　何やってんのよ!?」

リビングの入口に真っ赤な顔をした幸が仁王立ちで俺を見ていた。

しまった！　現行犯だ。サーッと血の気が引いていく。幸の奴、いつ帰ってきたんだ？　いつからそこにいたんだ？　キスしようとしたところを見られただろうか？　冬の虫がザザーッと一瞬にして散って消えていく。

平気な顔を装って、とりあえず、

「真友良ちゃんが泣いてたから慰めてただけだって。なっ、真友良ちゃん？」

祈るような気持ちで真友良に同意を求めると、

「私、帰ります」

真友良はコートを持って、すばしっこく部屋から出て行ってしまった。

それから数十分、角が生えたように怒っている幸にしどろもどろの言い訳をした。幸い、真友良にキスしようとしたことも太腿をいやらしく撫でたことも幸にはバレていなかった。が、真友良が猛烈に俺を怖がっていたことは一目瞭然だったみたいだ。あまりにも自分の分が悪いから、

「それよりさ、そっちこそ、リクと一緒にどこ行ってたんだよ？　リクはどうしたんだよ？」

矛先を変えるために幸に言うと、

「リクは……、リクはとっとと帰ったわよ。あんたにＤＶじみたことされた私を可哀想に思っただけよ。それより今は私とリクの話じゃなくてあんたの話でしょ？」

そうです、その通りです。

「まったく！　いたいけな女子高生に何したのよ？　なんであんなに真友良ちゃん泣いてたのよ？　言いなさいよ！」

「だから、慰めてただけだって。あの子、処女で男に免疫がないからさ、ちょっとしたスキンシップに過剰反応しただけだって」

忌々しくなってそう言うと、そのぞんざいな言い方がまたまた幸の逆鱗に触れたようで、

「とにかく私、今日はあんたと一緒にいたくない。顔も見たくない。ここがあんたんちだって重々承知してるけど、でも今夜は……、今夜だけじゃなくてしばらく私を一人にして！」

そうまくし立てられた。

冷静に考えてみると、家主である俺がここに残って、居候である幸がどこかに行くべきだと思ったが、なんせ、俺は口じゃあ絶対に幸に勝てない。真友良にしたことへの罪悪感も手伝って、

「わかったよ。俺もちょっと一人になりてえよ」

わざとぶっきらぼうに言って、財布と携帯電話と車の鍵だけを持って部屋から出た。幸の顔は見なかった、というか、見れなかった。あの沈痛なムードの部屋に幸といるよりは、外に出る方がずっと賢明だ。


駐車場から車を出しながら、俺の部屋がまだそのまま残っている実家に帰ろうと思ったが、一瞬でその思いつきをかき消す。突然こんな時間に何の用事もないのに実家に帰ったりしたら、母親と妹から矢継ぎ早に質問攻めに合うだろう。ただでさえ、お袋も飛鳥も幸と仲がいい。絶対に幸の味方をするに決まってる。そう確信しながら、困ったときのテラ

ケン頼みとばかり、テラケンに電話した。結婚は決まったものの、飛鳥とテラケンはまだ一緒に暮らしてはいない。

「もしもし、俺。あのさ、わりーんだけど今日泊めてくんない？」

「いいよ」

さすがは唯一無二の親友。テラケンは何も聞かずにそう言ってくれた。「いいよ」ってことは、テラケンは今飛鳥と一緒じゃないってことだ。男同士って、マジ楽だ。面倒な探り合いや事情聴取をしなくて済む。持つべきものは友、持つべきものはテラケンである。

それにしても、テラケンちに泊まりに行くなんて何年ぶりだろう。青春時代は遊び疲れたり酔い潰れた夜に、よくテラケンの家に泊まったもんだ。テラケンの両親は二人とも働いていたから、母親が専業主婦の俺んちより比較的泊まりやすい環境だったんだ。つーか、テラケンも社会人になってからはマンションで一人暮らしをしている。そのマンションに泊まりに行くなんて初めてだ。急に気恥ずかしいような照れくさいような気持ちになる。

男って社会人になるとどんどん友達と疎遠になるよな。つるんだり馬鹿なことを一緒にしなくなっていく。プライベートなことより仕事の方が大事になるからだ。大人の男って案外みんな孤独なんだ。

それに比べて、リクや真友良は、これからまだまだいろんな人といろんなことを経験していくんだな。二人ともほとんど荷物の入っていない空っぽのトランクを持っていて、これからの学生生活や社会でそのトランクの中に少しずついろんなものを詰めていくんだ。そんなことを考えると、なぜか無性に若い頃の自分を懐かしく思い、それと同時にリクや真友良の若さが俺の心の中で酸っぱく広がった。

テラケンのマンションを目指して運転していたら、フロントガラスにポツリポツリと雨が当たってきた。ワイパーをONにして、赤信号で停まる。どんどん強くなる雨の向こう、ふと幹線道路の歩道を歩いているリクの姿が見えた。見覚えのあるダウンベストを着て、背中に大きな黒いリュックを背負って、傘もささずに雨宿りもせずに一定の速度で歩くリク。リュックはかなり重そうだし容赦なく雨に打たれているのに、リクのその姿に悲壮感や惨めさは微塵たりともない。むしろ、雨なんて降っていないみたいにまっすぐ歩くリクは、夜の街で発光している無頼派の精霊みたいだった。その清らかな神々しさに思わず見とれてしまう。そう言えば、アイスランドの人々は大人も子供もみんな精霊や妖精の存在を信じていた。物語や童話の中だけではなく、自分の周りにそういうものがいると。そのことを思い出した瞬間、「ああ、コイツに絶対にオーロラを見せてやりたい」と切実に思った。今夜の出来事の一部始終全部を忘れて、今はただそれだけを思ったし願った。雨に打たれて歩くリクはそれくらい純麗だった。

テラケンはただ一言、

「よっ。いらっしゃい」

そう言って俺を部屋の中に入れてくれた。

缶ビールを開けて、しばらくあたりさわりのない会話でジャブを打つ。

「飛鳥が、やっぱり特別なことは何にもしないで籍だけを入れたいって言いだしてさ、もう、光んちの両親と俺んちの両親で必死に飛鳥のこと説得してさ、ちょっと大変だったんだよ」

俺の妹はかなりの気まぐれだし、格式ばったことが死ぬほど苦手だから、結婚式に向けて絶対に何かやらかすと思っていたが案の定だ。

「結局どうなった？　結婚式やるって？」

「とりあえずさ、当初の予定通り、身内だけで式を挙げることに納得してくれたよ。俺の親も光の親もどっちかっつーと考えが古いからさ、式を挙げて写真だけは撮ってほしいって飛鳥に言ってた。光のお袋さんが『どうしても飛鳥の花嫁姿を見たい』って泣いてさ、それで飛鳥、渋々頷いてた」

わがままな妹は昔から母親の涙だけには弱い。

「悪いね、不出来な妹を貰ってもらっちゃって」

俺が困った顔をすると、テラケンは笑いながら、

「全然。で？　光はどうなんだよ。なんかあったんだろ？」

いきなり核心を突いてきた。

昔からの友とは、人をものすごーく素直に解放させてくれる存在なのだと思う。俺は何の脚色もなく、今日、リクと真友良が俺の家に来てから、俺がテラケンの家に来るまでの細かい経緯を少々自虐的にテラケンに吐露した。

「ウケる！　学園ドラマと昼ドラとＡＶがごちゃまぜになったみたいじゃん。すげーな、そのカオスな展開」

俺の胸にあった変なしこりをもぎ取るみたいにテラケンは一笑する。

「俺も何が何だかわかんなくなっちゃってさ、とりあえず幸に言われるがままに家出してきちゃったんだよ」

「そもそもお前、いい大人が女子供にすぐキレちゃダメだって。あとさ、光、昔から冬になるとやたらナンパしたり風俗行ったりお盛んじゃん？　でもさ、もうとっくに三十過ぎてるんだからさ、その発情期どうにかしろよ。そのうちバレるし、いつかとんでもないことしでかしちゃうって」

「わかってるんだよ。でも、冬になるとムラムラすんだよ。何なんだろうこの冬の病気。チンコ切りたくなるよ、マジで」

困り果てた顔で言う俺を見て、ガハハと笑うテラケン。

テラケンは昔から俺の話を聞くのがすごく上手い。幸よりもテラケンの方が俺の喜怒哀楽の操縦法を解っている気がする。テラケンは冷静だしちゃんと俺を主観的にも客観的にも見れるから。

「お前さ、いずれ幸ちゃんと結婚するんだろ？　お前との付き合いが一番古い俺が見てきた限り、幸ちゃんほどお前に合う女いないよ。二人とも真面目なんだか不真面目なんだかわかんない感じがするし、とにかくちょっと変わってるんだけどさ……」

「えっ、あの飛鳥にまでそう言われたけどさ、俺と幸って変わってんの？」

「人なんてみんな変わってるんだって。それぞれの価値観でそれぞれの人生を生きてるんだからさ、他人から見たら誰だって変わり者なんだよ」

テラケンは昔からときどき妙に達観したことを言う。その意見にいつも俺は非常に納得してしまう。

「お前と幸ちゃんってさ、全然違う性格なのに、笑うとこと泣くとこは不思議と合致してるんだよな。それって、この先のお前たちにとってすごい大事なんだよ。そもそも光が、一人の女と何年も一緒に暮らしてることにびっくりだよ。お前、昔から長く続いた女、一人もいなかったじゃん」

言われなくてもわかってる。一緒にいて幸ほどしっくりくる女に出会ったことはない。

わかっちゃいるけど……である。

「だからさ、いきなり倦怠期みたいになってないでさ、お前はちゃんと自分自身を制して、それから幸ちゃんをもっと深く理解してあげなきゃダメだよ。光、幸ちゃんを逃したらすげえ変な女に捕まりそうな気がする。それか一生独身だな。そろそろお前も大人になれって」

俺のだらしない逃げ道を塞ぐような言い方で、しかも俺よりずっと年上みたいな口調でテラケンは言った。テラケンのいうことがあまりにも的確だったので俺はうなだれるしかなかった。

「テラケン、なんか俺、お前に抱かれてもいいような気持ちになってるよ今」

ふざけながらも情けない声でそう言うと、

「アホか。これ飲んだらとっとと寝ろよ！」

テラケンは呆れた顔で新しい缶ビールを俺に投げて寄こした。

リク

とんでもないことをしてしまった。衝動的な告白と行動。どうしちゃったんだ僕は。我慢できなかったんだ。うじうじしているのが嫌だったんだ。勢い余って幸さんに押し付けた唇がまだジンジンする。痛いわけでも熱いわけでもない、唇が心臓になっちゃったみたいに、ただジンジン、ジンジン。あの瞬間の気持ちをなんて呼べばいいんだろう。激流の中に飛び込んだのに嬉しいような……。初めてのキスじゃないのにどうして僕はこんなにドキドキしてるんだ？　ドキドキしすぎて、キスしたあとの動揺を持て余してしまって逃げ出した。本末転倒。マジで、人生でこんなに後悔したことはないくらい後悔している。

感情のコントロールって一体何歳になったらできるんだろう？

一人になって、ボーッと歩き続けていた僕に雨が降ってきた。ポツリポツリ、やがてザーザーと僕を戒めながら僕だけに降っているように。

電車に乗る気にも、目の前を通り過ぎていくバスに乗る気にもならず、ひたすら歩く。ずんずんずんずん大通りを歩く。このままどこまでも歩き続けていたい。途中でオペラのすぐ近くを通る。一瞬、オペラに入ろうかと思ったが、僕の足は止まらなかった。

今まで桃子さんには何だって話してきた。学校であったこと、ダンスのこと、彼女のこと。「リク、そんなことまで母ちゃんに言うんだ?」って友達にドン引きされるくらいいつだって自分に起こった出来事を桃子さんに正直に話してきた。けれど、幸さんへの気持ちを、ましてや今夜の自分のことを桃子さんに上手く説明する自信がない。状況は説明できても、今のこの惨めで情けない自分の気持ちを言葉にできない。

気付いたら、家の前まで来ていた。駅五つ分歩いていた。

心の中にもやもやしたゴミが溜まったみたいな気分だった僕は、家の中に入り、リュックを下ろし、制服を脱いでジャージに着替えた。こんなときは踊るしかない。カッコつけてるんでもないし、悲劇の主人公の気分になっているんでもなく、ただダンスをしたかった。気分転換もストレス解消もダンスに限る。それが僕だ。北野リクだ。ダンスほど集中できることはないし、ダンスをしているときだけは他のことを忘れられる。そう思って近所の公園に行った。

相変わらず雨が降っている。雨の中、少しずつ身体を慣らし、動かし、次第に本気で激しく踊る。そうしていると、雨が降っているのか降っていないのかわかんなくなる。一つの傘に二人で入って公園内を歩くカップルが、

「激しい〜」

って冷やかしながら通り過ぎて行ったが、そんなのは気にもならなかった。

どのくらい踊っていたんだろう。身体からもうもうと湯気が立っている。踊って踊って踊って、余計な邪念を汗と一緒に飛び散らしたせいか、さっきよりだいぶん気分が落ち着き、頭の中のもやもやが消えて行った。汗だくで踊っているときには気付かなかったが、いつの間にか雨も上がっている。身体が冷え切ってしまわないように大急ぎで家に帰り、バスタブに湯を張るのは面倒だったので、熱めのシャワーを浴びた。シャワーを浴びてから麦茶（我が家では一年中冷蔵庫の中に常備されている）を飲んで、一息つき、何はともあれ光さんと幸さんにメールをしようと思い立ち、携帯の画面をしばらくジーッと睨んだ。

真っ暗な自分の部屋で、何度も読み直して、何度も打ち直しながら、たいして長くない文章なのに馬鹿みたいに時間をかけて文面を考えた。途中で桃子さんが帰ってきたが、僕は顔を見せずにメール作成に没頭した。部屋の電気が消えていたので僕はもう寝ていると思っただろう。光さんと幸さん別々に送るのではなく、あえて連名で送った。

『光さん、幸さん、いつも良くしてもらっているのに今日は本当にごめんなさい。生意気にも空気をぶち壊しにしちゃった自分に猛烈に腹が立ちます。僕はまだまだガキなんだとすごく反省してます。今の僕の毎日の中で光さんと幸さんと過ごしている時間はすごく特別ですごく幸せな時間です。学校にいるときより光さんと幸さんと一緒にいる方がずっと充実してます。これに懲りずにまた仲良くしてください。今日は本当に本当に本当にすみませんでした』

返信が来ないかなあと、心ここにあらずな感じでソワソワしていたら、ブッブッブーッと携帯のヴァイブの音が鳴った。光さんからの返信だ！

『俺の方こそゴメン。リクは気にしなくていいよ。近々またみんなでゴハンしよう！』

短い文章だけれど、『みんなでゴハンしよぅ！』ってのに、ちょっと泣きたくなるくらい気分が楽になった。光さんはやっぱり大人だ。こんなにも簡単に僕の気持ちを安らかにしてくれた。

その後、幸さんからの返信は来ないまま、カーテンの隙間からうっすらと朝の青が滲んできた。

幸さん怒ってるのかもしれないなあ、そりゃそうだ、いきなり部屋から引っ張り出されて、いきなりブチューッてされて、いきなり逃げ出されたんだもんなぁ。光さんみたいに『気にしなくていいよ』じゃ片付けられないよなぁ。百歩譲って怒ってないとしても絶対に呆れてはいるだろうから、返信に困るよなぁ。最悪、二度と僕に会いたくないってムカついてるかもしれないなぁ。くよくよと悪いことばっかり考えていたら、いつの間にかウトウトしていた。そして、夢かうつつかわかんないような浅い眠りの中で、携帯のヴァイブの音がして、ハッと目覚めた。朝の六時四十六分。

『リク、今日学校が終わったら時間ある？』

幸さんからただそれだけ送られてきた。

『はい。三時には学校が終わります』

ドキドキドキ。

『わかった。じゃあ四時にラ・ブレアで会おう』

例のオーロラの写真が飾ってあったオシャレなカフェだ。

『了解です。ありがとうございます』

たった四通のメールのやり取りだったが、暗黒の世界に少しだけ光が射し込んだみたいだ。もっともっと光が射してほしくて、僕は何度も幸さんからのシンプルなメールを読み返した。

ふと携帯の時計を見るともう登校の準備をしなくてはならない時間になっていたので、両手で頬をパンパンパンと叩き、ベッドから飛び出して、全然食欲がなかったけれど、桃子さんが用意してくれていた朝ゴハンを食べてから登校した。


昨夜ほとんど眠れなかったから、授業中はほぼ寝ていた。学校が終わってから幸さんに会うと思うと、嬉しいような逃げ出したいような、複雑な気持ちになる。珍しく食欲がなかったから、昼食はとらなかった。

いつもは最低でも二、三回僕のところに顔を出す真友良の顔を今日は一度も見ていない。お節介なクラスメイトが、真友良が今日は欠席していることをわざわざ休み時間に報告しにきた。

昨日、光さんの家からいきなり幸さんを連れ出す場面を見られてしまっていたから、学校で真友良に顔を合わせずに済んで助かった。質問攻めに合うのもいちいちそれに答えるのも勘弁してほしいくらい今日の僕は心身共にぐったりと疲れていたからだ。


放課後、授業が終わるや否や、ラ・ブレアに向かう。約束の四時よりずっと前に着いたにもかかわらず、幸さんはすでに奥の席に座っていた。

「すいません。遅くなりました」

立ちすくんだまま言うと、

「あっ、リク。全然、全然。私が早く来すぎたの。座りな、座りな」

幸さんは、想像していたよりずっと明るい笑顔で、そして弾んだ声で言った。

幸さんの前には以前ここに来たときに幸さんと光さんが飲んでいたミントの葉がたくさん入ったお酒が置いてある。外がまだ明るいうちからお酒を飲んでいるのが意外で、僕は

そのグラスをジッと見つめてしまった。僕の目線を追った幸さんが、

「あっ、これね、この間飲んでたモヒートって言うお酒のノンアルコールバージョンなの。ヴァージンモヒートって名前なんだよ」

と言うので、

「お酒が入ってないんですね？　じゃあ僕もそれを飲んでみたいです」

同じものを注文した。ほどなくして来た「ヴァージンモヒート」と言う飲み物は、今までに飲んだことのない味だったが、すごくさっぱりしててちょっと大人の気分になった。

「美味しいです。青汁みたいな味かと思ったら、なんかさっぱりしてて美味しいです。薬みたいな味がします」

正直に言うと、

「これね、ホント、お酒が入っているモヒートと同じ味がするんだよね。モヒートもヴァージンモヒートもこの店のが東京で一番美味しいと思ってるんだ私」

幸さんはすごく満足そうに微笑んだ。グラスを口に当てて飲むたびにミントの葉が口の中に入ってきて、それを口から取り出すのに僕が苦戦していると、

「私、昨夜帰ってから、光と大喧嘩して光を家から追い出しちゃった。あそこ光のマンションなのに」

幸さんが唐突にそんなことを、しかも明るく言うので、僕は返答に困ってしまって、

「すみません」

　思わず謝った。

「リクは全然関係ないの。あのあとちょっとムカつくことがあって、私がキレちゃってね。それで思わず『一人になりたい』って言って光に出て行ってもらったの。なんかさぁ、久しぶりに家で一人になって、じっくり自分に鍼を刺しながらいろんなことを考えてたら、目がランランと冴えちゃって、ほとんど寝てないんだ私」

　幸さんも寝不足なんだ。僕と一緒だ。

　それにしても、寝不足のはずなのに、今日の幸さんはいつもよりずっと柔かい表情をしていて、やっぱり綺麗だなぁなんて、見惚れてしまった。僕が何にも言わずに幸さんを見つめていると、

「ねえリク。ちょっと長くなるけど、私の話聞いてくれる?」

　射るような目でそう言ったので、僕は思わず言葉を失って、ただコクンと頷いた。


　幸さんはヴァージンモヒートをごくりとひと口飲んで、

「私ね、昔すっごくヤリマンだったんだ」

　いきなり衝撃の告白をした。あまりにもさりげなく言われたので、「ヤリマン」の語意が僕の知っているあの「ヤリマン」ではなく、オシャレなスイーツか何かのように聞こえ

た。

「別にね、家庭環境が複雑でグレてたとかそういうんじゃなかったの。私ってとにかく昔から無気力な子供でさ、普通の女の子が好きな可愛いものとか綺麗なものにも全然興味がなくてさ、今思うと、『清純』っぽいものが苦手だったんだよね。しかもそういう自分のことがすごく嫌だったの」

幸さんは一体誰の話をしているのだろう。幸さんの話している内容と目の前で微笑んでいる幸さんが結びつかない。

「で、全く素敵でも何でもない状況で初体験をして、それからいろんな男の子とヤリまくってたの。淋しいから誰かに抱きしめてほしいとかセックスが好きとか、そんなんじゃなくて、自暴自棄みたいな気持ちでただそういうことをしてたの。陰で男の子たちが私のこと『サセコ』って言ってたくらい。セックスの意味もやり方も知らないのに、ただ自分を汚したかったみたいな感じだったんだなぁ」

やたらと喉が渇いて、目の前のヴァージンモヒートをゴクゴク飲む。ミントが大量に口の中に入ってきたけど、構わない。ミントの葉が口の中で無駄な爽快感を広げる。

「前にも話したけど、大好きな親戚の叔父さんが鍼灸師だったから中学生になっても高校生になってもしょっちゅう叔父さんのとこに行ってたのね。どうしてかわかんないけど叔父さんの鍼灸院にいるときだけは普通の女の子みたいなそんな気になったんだよね。叔父さんさぁ、小さい頃から私のことをずっと冷静に見てたからさ、思春期の私が鬱屈としてるのに気が付いたんだろうね。ある日突然『幸には今、鍼灸の魔法が必要だな』って言って、初めて私に鍼灸の施術をしてくれたの。散々いろんな男の子に裸を見せてたくせに、叔父さんに肌を見られるのがすごく恥ずかしかったなぁ」

さっきまでは微笑んでいた幸さんの顔が徐々に曇ってきた。

「で、初めての施術のあとに、『心も身体も靄《もや》がかかってるねえ。明日からしばらく毎日来なさい』って言われて、それからしばらくの間毎日叔父さんに鍼とお灸をやってもらったの。私、叔父さんの言うことだけは昔からすごく素直に聞く子だったからさ」

最初は鍼灸の効果がまるでわからなかった幸さんだが、毎日毎日叔父さんに施術してもらっているうちに徐々に身体に変化が起きた。まずは、全く痛くなかった鍼を痛いと感じるようになり、全く熱くなかったお灸を熱いと感じるようになった。

「それってね、叔父さん曰く、眠っていた心と身体が覚醒したってことなんだって。身体がまずしゃっきりしたみたいになって、そしたら心もすっきりして。どうやっても言葉にできないけど、大げさでも何でもなくて、本当に生まれ変わったみたいになったの。そしたらさあ、捌け口みたいに男に抱かれて不毛なセックスをしてたのがマジで馬鹿馬鹿しくなっちゃって、猛反省したんだよね。ほら、なんせ私の叔父さん、鍼灸の退魔師だったからさ、私の中の悪魔を退治してくれたんだと思う。鍼灸ってすごいなぁ、絶対に心や身体をまともにチューニングしてくれる何かがあるんだろうなぁって思って、私も絶対に誰かにそういうことをしてあげたくなったの。この間はちょっとはしょって言っちゃったけどさ、これが私が鍼灸師になった本当の理由。鍼灸師っていうか、私も退魔師になりたかったんだ」

幸さんはそう言って、再び眩しい笑顔を見せてくれた。

「あっ、この話、光には内緒ね。光にはいちいち自分がヤリマンだったなんて言ってないから。光は私が案外まともにひたむきに生きてきたと思ってるんだよね。酔っぱらって飛鳥には言っちゃったけどさ、飛鳥は『なんか幸ちゃんカッコイイよ。私、その話、墓場まで持ってくよ』って言ってた」

「もちろんです。僕も絶対に誰にも言いません」

信じたくないくらいドラマティックでデリケートな告白だったが、幸さんと共有する秘密ができたことが単純に嬉しい。大人の人と絶対的な秘密を持つのってなんかちょっと自分も大人になった気持ちになる。僕が大きくうなずくと、幸さんはまた話を続けた。

以前、二人きりでお寿司を食べたときに聞いた通り、幸さんは学費を稼ぐためにキャバクラでバイトしながら鍼灸の学校に三年通った。

「その頃にはまともになってたからさ、もちろん枕とか一切しなかったよ。同じ店で枕やってる子、結構いたけどね。あっ、枕って枕営業のことなんだけどわかる？」

「わかんないです」

「お金のためにどうでもいいお客さんと枕を共にする、つーかセックスしちゃうことを枕営業って言うの」

「あっ、は、はい」

上手くリアクションができない。

「そういうこと一切やらなかったし、夢を叶えるためのキャバクラバイトだったから、全然楽しかったんだ。前にも言ったけど私、その店でちょっと浮いてたから」

それは前に聞いた。キャバクラでバイトしながら幸さんは人間関係や人生のいろんなことを学んだのだった。

「でね、そんな毎日を過ごしながら鍼灸の学校を卒業して、晴れて念願の鍼灸師になったの。夢が叶ったんだよね。で、それからしばらくして光に出会ったの。飛鳥が紹介してくれたの」

以前そのことも光さんに聞いた。出会って何回か施術して、何回かデートして、いつの間にか付き合ったって光さんが言ってた。

「普通の恋人同士みたいに付き合い始めて、いろんな時間を光と共有して、ある日光と一緒に新しくできたハンバーガー屋に行ったのね。で、そこで光がものすごく大きな口を開けてハンバーガーを頬張るのを見たときに、なんかすっごくその顔が好きでね、ああ私この人のことが大好きだ！　って思ったんだよね」

ハンバーガーチェーンで働いている光さんがハンバーガーを食べている顔に惹かれたってことだろうか……。と、ここで僕はあることを思い出した。

ずっと前に真友良が「私さ、デートのときに絶対にハンバーガーだけは食べたくないなあ。薄っぺらいハンバーガーならともかく、ちゃんとしたハンバーガーって分厚いじゃない？　それを食べてるときの人の顔って大口が開いててすっごく間抜けで不細工に見えるんだもん」って言っていた！　すかさず幸さんに、

「好きな人がハンバーガーを食べてる顔って案外重要だったりするんですよね？」

そう言ったら、

「えっ？　あっ、そうかも。顔がかなり歪むもんね。光はさ、何の恥じらいもなくすごい大口を開けてハンバーガーにかぶりついてニコニコ笑ってたんだよね。全然みっともなくなくて、むしろ愛嬌があったの。で、こういう人ならずっと一緒にいても幸せなんだろうなぁって思ったの。しかもほら、光の家ってハンバーガー屋さんじゃない。こんなにハンバーガーを美味しそうに食べる人だったら絶対に仕事も生き生きと楽しんでやるんだろうなぁ、この人のそばにずっといたいなぁって……」

なんかわかる。光さんってとても無邪気だから、悲しみや怒りや痛みをへっちゃらにやり過ごして乗り越えるような清々しい感じがある。

「わかります。光さんってすごくおおらかです。光さんのそういうところ大好きだし尊敬します」

本心から言った。幸さんは、満足そうに笑って、それからこう言った。

「でね、リク。昨夜リクが急にキスしてきてね……」

ああ、こんなにも突然に核心に触れてきた。

「……私、全然嫌じゃなかったの。そりゃ、相当びっくりしたけど、でもなんか嬉しかったんだ」

えっ？　嬉しかった？　期待を込めた目で幸さんを見てしまう。

「でもさ、リク。その嬉しさって恋とは全然違うところにあってね、小さい子供がいきなりチューってしてきたときみたいな可愛い感じの嬉しさなの。自分で言うのも変だけどさ、リクの私への想いも恋じゃないんだよ。恋よりもっとあやふやな、憧れとか好意とかそういうニュアンスに近いものなんだと思う。リクくらいの歳の男の子ってさ、年上の女にすごく憧れちゃう時期があるんだよね。男はみんな若い女が好きって思われがちだけど、十代後半や二十代前半の男子ってとかく年上の女に一瞬憧れちゃう時期があったりするのよ。こんなこと自分で言ってて恥ずかしいけど、でも、リクの私への気持ちって、絶対にそれなんだよ。恋とはちょっと違うの」

「違くないです。そんな曖昧なもんじゃなくて、僕、本当に幸さんが……」

声が小さくなって、しかも最後まで言えなくなる。

「リク、でもさ、どっちにしろ私、昨夜光と大喧嘩したあとに、自分で自分に鍼をしながらすごく冷静に自分に向き合ったのね。そしたらやっぱり私は誰よりも光が大好きだし、この先も一緒に生きていきたいって心から再確認したんだ。あとさ、昔ヤリマンだった頃の私って生きてるのがちょっと面倒だったたって言うか、世界中に拒まれてるみたいに思ってふてくされてたんだなぁって思った。親が悪いとか生い立ちが変だとかそんなんじゃなくて、ただ単に勝手にふてくされてたの。あんなに無駄に若さを削って、あんなにどうしようもない青春を過ごしたから、逆に今はすごく幸せ。念願だった鍼灸師の仕事しながら毎日生活してるの、本当に充実してるもん。その幸せの中に光は絶対に必要なの」

「わかってます。僕、幸さんと付き合いたいとか、幸さんと光さんの間に割って入っていきたいとか、そんなおこがましいこと、一《いち》も思ってないです。ただ、好きなんです」

幸さんは小さく「あはは」と笑って、

「ありがとう。私もリクのこと大好きだよ。すごく不思議な縁だと思うし、とにかくリクはすでにもう私の中で愛しくて仕方ない存在になってるよ。でもね、何度も言うようだけどそれはやっぱり恋とは明らかに違うの。失礼かもしれないけど、なんか我が子みたいに愛しくて愛しくて仕方ないみたいなそんな感じなの。だけどさ、すぐ泣いたりすぐ怒ったりしてもしかしたらリクよりも子供っぽいところがある光のことは男として愛してるの。私、光以外の人を今までもこれからも絶対に本気で好きにならない気がする」

きっぱりとそう言った。

胸がチクッと、いや、グサッと痛んだ。幸さんが僕を男として見ることなんて天地がひっくりかえってもあり得ないってわかってる。わかってるけどやっぱり超絶胸が痛い。かろうじて保っている作り笑顔が引きつりそうだ。ああ、ちくしょう、辛いとか悲しいっていう感情がこの世からなくなればいいんだ。そういう感情がこの世からなくなれば傷付くこともないんだ。桃子さんがいつも「リク、ときどき傷付いたり悲しんだりしないと人間って絶対に成長しないのよ」って言うけど、成長なんてしなくたっていい。今のこの胸の痛みがなくなるのならば今までの幸さんと光さんとの思い出が消えたっていい。十八年の人生で初めて本当の失恋ってものを味わった僕は、それがとんでもなくアホで子供じみた思考だとわかっていながらそう思わずにはいれなかった。

ラ・ブレアの壁に飾られているのはもうオーロラの写真ではなく、今は赤や緑のキルトが縫い合わされたクリスマスっぽい作品になっている。今日の僕の心とは正反対に、その作品たちは混雑した店内にあったかい雰囲気をほのぼのと醸し出していた。

幸

太腿の上でこぶしを握って唇を噛み締めているリクを見て、何とも言えない母性（そう、間違いなくこれは母性）が騒ぐ。

「辛い」って気持ちをこんなにも澱みなく露わにされると、思わず人目もはばからずに抱きしめたくなってしまう。ああ、可愛いっ。本当にこの子は傷付いているときでさえ可愛い。

でもリク、うつむかないで！　こんなことでリクが傷付くと私の方こそ悲しくなって傷付いてしまう。リクは何にも失ってなんかいないんだから。

私たちが生きている世知辛い毎日の中には、清らかなものを簡単に汚してしまう人や物や事件があまりにも多くて、「清純」とか「純粋」がとかく消えてしまいがちなのに、こんな世の中でこんな時代に揺るぎなく清廉でいるリクって信じられないくらい稀有だ。

私が十八歳のときなんてリクみたいにまっすぐじゃなかったし、大切なものを何も持っていなかったから何を失くしたって平気だった。その結果、自暴自棄に自分を汚しまくって、すっかすかの強がりと間違えた虚栄心で自分を鎧《よろ》ってたんだよなぁ。

だからリクみたいに清々しく傷付いている姿を見ると、こんな状況なのに本当に申し訳ないけど、心がまっさらに洗われていくみたいな気持ちになる。若さを無駄にして過ごしていたあの日の私に、この子を紹介してあげたいくらいリクは清らかだ。

体裁的には、私がリクを振ったように見えるかもしれないが、ホントは違う。私はリクの勘違い、若気の至りみたいなものを正しただけなんだ。きっとリクはすぐに「あのときの幸さんへの気持ちって一体何だったんだろう?」と、今日のことを不可思議に思い返すだろう。それが思春期の、恋の一歩手前にある淡い思慕みたいなもんだ。


ラ・ブレアを出ると、リクはこっちが戸惑ってしまうような不器用な作り笑顔を見せて、

「ありがとうございます」

と言い、

「じゃあ、またね」

いつもと同じようにさりげなく言う私に、嬉しいような悲しいような顔でうなずいた。

夕方と夜の間の薄暗い空の下、くるりとうしろを向いて歩きだすリクの背中が泣きたいくらい健気だった。

リク、今はちゃんと自分自身を愛していて。自分を愛せなきゃ他の人なんて愛せないんだから。まずは自分を愛して、そして本当の男になったとき、あなたにはきっと素晴らしい彼女が現れる。

リクと離れてから、この二日間のリクとの会話を反芻する。

私は単純に嬉しいと思った。あんなに可愛くて純真な高校生が、たとえ若気の至りでも私に特別な感情を抱いてくれたことがものすごく誇らしいことだと思ったのだ。きっと、何歳になっても誰かにそんな風に思ってもらえることって素晴らしいし大事なことなんだよなぁ。

やっぱり今の私は幸せだ。自分を愛せず大切にもできていなかった十代の頃より何倍も、いや、何百倍も幸せだ。

昨夜、ほとんど眠っていないから、すごく疲れた。リクに私の光への想いを話したら少し光に会いたい気持ちが募ったが、今はまだ連絡せずに一人の時間を過ごそう。私は、他人と向き合っていろいろ話すより、一人きりで静かに自分自身に向き合う方がずっと自分の正否に関して正しい決断を下せる。今夜はゆっくりお風呂に浸かって、早い時間にベッドに入ってぐっすり眠ろう。

ドッと押し寄せた倦怠感と共にそう思っていたら、携帯電話が鳴った。絶対に光だ！と思って液晶画面を見たら、そこには真友良の名前があった。

「もしもし？」

「幸さん、私です。真友良です。昨夜は急に帰ってごめんなさい。どうしても今夜幸さんに会いたいんです。今すぐ会ってください！」

こちらの予定も聞かず、ほとんど命令口調だった。ああ、ここにも純真な若人が一人。しかも多感に恋する乙女。

今度は十八歳女子との面談か……。疲れが倍増した気分だ。けれど、昨夜の状況を思い返すと、今夜真友良に会うのは私の大人としての使命だ。相手は十八歳。九時の門限もあるし、お酒も飲まない。夜は長くならないだろう。もうひと踏ん張りだ。

「真友良ちゃん、ちょうど良かった。私、さっきまでリクとラ・ブレアにいて、今、わか……バイバイしたの」

「今別れたの」と言おうとして、語弊があるなと思い、慌てて「バイバイしたの」と子供じみた言い方に変える。

「ラ・ブレアってフードメニュウが豊富だから一緒に夕飯食べよう。どのくらいで来れる？」

「十五分で行きます！」

真友良は冷静さを欠いた声で言って、電話を切った。

本屋で時間を潰して、さっき出たばかりのラ・ブレアに再び入る。ウエイターが「あれっ?」って顔をしながら、

「忘れ物ですか?」

と聞いてきた。

「ごめんなさい、違うの。また二名なんだけど、席空いてますか?」

そろそろディナーの時間帯だったので、急激にお店が混んできている。

「大丈夫ですよ。いらっしゃいませ」

さっきとは違う二人掛けの席に通された。

席に着くとすぐに真友良がやってきた。白いすべすべの肌に玉のような汗を掻いている。制服の短いスカートから大胆に覗いている素足。ウエイターが眩しそうに真友良を一瞬見た。真友良にはリクとは違った眩しさがある。リクがみずみずしい果実なら真友良は匂い立ちそうな花だ。咲き切っていない可憐な花。

「幸さーんっ!」

開口一番、真友良は私の名前を呼んで泣き出しそうな顔で席に着く。

「真友良ちゃん、大丈夫だから! とりあえず何か頼もう」

そう言って、メニュウを渡し、オーダーを済ませ、改めてきちんと真友良と向かい合う。

昨夜のいくつもの場面を思い出し、まずは何て言おう？　と迷いながらも口を開いた。

リクと話すときよりもちょっと緊張したし、ちゃんと言葉を選ばなきゃなと思った。

「とりあえずさ、本当に光がごめんね。大人の男ってさ、どいつもこいつもマジでどうしようもないのよ。お酒が入ると必要以上のスキンシップをしたくなっちゃうの」

実は女もそうだけれど、あえて「男」だけを強調した。真友良は不安そうに私の言葉を聞いている。

「男ってさ、馬鹿なのよ。自分が女だから言うわけじゃないけど、ホント女の方がずーっと賢いと思う。なんかさ、酔ったときに真友良ちゃんみたいに可愛い女子高校生がそばにいたら、大人の男は『イエーイ』ってなっちゃうのよ。光には昨夜死ぬほどきつく説教したからね。二度と真友良ちゃんを不安にさせるような真似はさせないししないから安心して」

光のマンションだというのにもかかわらず光を追い出したこと、男って生き物がいかに簡単に女に興味を持ったり発情したりするかを、過分に酒のせいにしながらではあるが、冷静に大人の女らしく説明した。すると真友良は、

「あっ、それは大丈夫です。お酒を飲むと大人が変な風になるってなんとなくわかってるし、別にそこまでいやらしいことや暴力的なことをされたわけじゃないし。光さんのこと

は別にいいんです。それより……」

その先を言い澱《よど》んだ。

そうか!! 真友良は、光のことよりも私とリクのことの方をずっと気にしてるんだ。リクが「僕が幸さんを貰っちゃいます」って言い捨てて、私を連れて外に出たことの方がずっと重大な事件だったんだ。そりゃそうだ。真友良は、光にはひとかけらも恋心を抱いていないが、リクには猛烈なそれを何年も抱いている。他の誰のことよりもリクの言動が気になって気になって仕方ないんだ。

ぶっちゃけ昨夜の出来事に関して私には、私とリクのことより光の真友良への行きすぎた行為の方がずっと厄介なことだったので、光の件がさっさと片付き、あとはリクとのことを説明するだけだと知り、かなり安堵してしまった。さっきこの店でリクと話したことをこれからなぞるだけでいいのだから。


次々に運ばれてくる食べ物を取り分けながら、真友良に、

「さっきまでここでリクと話してたんだけど……」

そう切り出し、ほんの一時間前にここでリクに話したことを、私がヤリマンだったこと以外は全て話した。自分が不純だったことをわざわざ真友良に話す必要はないと思ったのだ。リクが傷付いた顔をしながら終始うつむいていたことも黙っておいた。

「そっか……。そうですよね。幸さんとリクが色っぽい関係になっちゃうわけがないですよね。幸さんは立派な大人だし、リクはまだまだ子供だもん」

必死に自分に言い聞かせるみたいに真友良が呟く。

「私もまだまだちゃんとした大人になりきれてないけど、でも私がリクに恋愛めいた感情を芽生えさせるなんてこと百パーセントないよ。なんやかんやで光以外に好きになる人ってこの先見つからないと思うもん」

言葉を重ね、更に真友良を安心させる。

「私、早く大人になりたいです。学校に『二十歳になったらもうババアだよね』なんて言ってる子たちがいるけど、本当にこいつら馬鹿で子供で何もわかってないなあって思っちゃうの。十代がいかに窮屈か、人が気付かぬうちにどんだけ早く歳をとっていくか、全然わかってないんだもん」

「二十歳でババアって。そしたらその子たちからしたら私なんてとんだ老婆だね」

全く腹を立てず、逆に私も若いときってそう思っていたよなぁと思いながら言う。

「十代の女子って浅はかな子が多いんです。だから私、若さがいつまでもあると思ってるその子たちに、人間なんて平等に歳をとって、すぐ大人になって、すぐババアになるんだから、魅力的なババアになるために今からしっかり未来を見ときなさいよ！　なんて言っちゃうの」

うんざりした顔で真友良が言う。

「真友良ちゃんすごい！　その歳でそれに気付くってかなりの上級者だよ。私、十代の頃それに全く気付いてなかったもん。あっという間に歳をとるなんて考えたこともなかったもん」

本当にそうだった。「若さ」だけが持つキラキラ感が期間限定のものだなんて思いもしないで、若さっていう名前の馬鹿さに幽閉されて生きていた。多分、人が言う「青春」ってやつがその瞭然とキラキラしている時期なんだ。青春の真っ只中にいながらその脆さを客観的にわかっている真友良に心から感心した。

「でもね、私がそういうこと言うと、みんなポカンとして、何言ってんの真友良？ウザ!!　とか言われちゃうの。私、ガールズトークしてるといきなり浮いちゃうことがしょっちゅうあるんです。みんなと一緒にキャッキャできないから、本気でウザがられちゃうの」

「あっ、それは十代の頃の私もそうだった。しかも男子の方が話してて楽だったから、いっつも男子とつるんでて、陰で女子たちに男好きとかヤリマンって言われてたよ」

本当にヤリマンだったことは隠して、私が真友良にそう言うと、

「えっ、酷いですね。でも、私なんて、クラスの性格の悪い女に『ガバ女』って言われたことありますよ。処女のくせにガバガバっぽいからって。あまりにも下品すぎてあれには

本当にムカついたなぁ」

「すごいね。高校生なのにそんなことを言う女もすごいけど、それを言われちゃう真友良ちゃんもすごい。そんなこと言われるなんて逆にカッコイイよ。真友良ちゃんハッとするくらい可愛いから嫉妬されてるんだって」

結局、世の中「顔」みたいなところがある。まだ幼さが残っている世代にはそれが嫉妬の的やいじめの原因になったりもするが、大人になると顔の良さはそのままその人の強力な武器になる。男も女も、一般的には美人やイケメンの方が好きに決まってるんだから。

「あっ、なんかそんな風に言ってもらえて嬉しいです。そっか、そうなのか。じゃあ、やっぱり私とっとと大人になりたい。大人になって、一人じゃ何にもできない未熟な女子たちの集団から抜け出して自由になりたい！」

本当に綺麗な、そして到着したときに泣き出しそうだったのが嘘みたいな笑顔を見せて、真友良は言った。


十代の子二人と続け様に長時間真剣な会話をすると、エネルギーの消耗が半端ない。嫌とか面倒とかではなく、相手が若ければ若いほど無邪気にこちらのエネルギーを吸い取っていくからだ。リクには普段そういうところが皆無だが、ネガティヴになっているときのリクにはさすがにそれを感じた。

光のいない家に帰宅し、すぐに眠りたいと思っていたのにもかかわらず、鍼の入っているケースから鍼を取り出し、自分の頭や肩に刺していく。鏡は見ない。もうすっかり自分で自分に施術することに慣れているせいで、自分の身体のどの部分が鍼を刺してもらいたがっているかわかるようになっているからだ。

鍼を刺していくうちに、身体が楽になり頭がすっきりしてきた。睡眠不足だから、ナチュラルハイになってるのだろうか？　私は鍼を刺したまま、溜まっていた洗濯ものを洗ったり、取れたままになっていたカーディガンのボタンをつけたりした。

鍼を抜き、お風呂に入り、それでも眠くならなかったので、買ったきり観ていなかった古い映画のＤＶＤを観た。最近忙しかったから、こういう何でもない時間がとても貴重なものに感じる。

すっかり映画鑑賞に夢中になって、続け様に二枚目のＤＶＤをデッキに入れたら、携帯電話が鳴った。光からの着信だった。リクと真友良と話し終わって、なんとなくもう昨夜の出来事は片付いてしまったような気分になっていたから、電話に出てもよかったのだが、一瞬躊躇して出るのをやめた。昨日の今日で平気な態度をしたら、光は絶対に同じ過ちを繰り返すタイプの男だ。本当に愛嬌があって性格はいいのだが、すぐに調子に乗るタイプ。もう少しお灸を据えた方がいいと思った。

光と付き合い始めてから二、三年経った頃だろうか、毎年冬になると光の様子がおかしくなることに気付き始めた。外が寒くなればなるほど光は、チャームポイントでもあるおっとり感を見せなくなり、妙に落ち着きをなくす。代わりに、いつもより眼光がギラギラして、どちらかと言うと、草を食んでいそうなイメージの光が、冬になると肉食獣に変貌するみたいになる。そしてここ最近、確信めいて気付いた。

光は、冬になると浮気をしている。

決まって十一月の終わり頃から、光はかなりの頻度で外で酒を飲むようになるし、帰りが遅い日が増える。たまに光でも私でもない誰かの香水の残り香を纏って帰宅する。そういうときはシャワーの時間がいつもに比べてずっと長く、その上、そんな日に限って私の身体を求めてくる。まるで、「浮気してこなかったからお前を抱くんだよ」と言い訳するみたいに私を抱きたがる。

そう、春や夏や秋に比べて、光が私を抱きたがる回数が冬には格段に増えるのだ。冬は私の仕事が最も忙しい時期なのでバタバタとしたすれ違い生活が続くため、最初の頃はそこまではっきりと気付かなかったのだが、さすがにこれだけ長く一緒に暮らしていて、毎年毎年冬になるたびに如実な変化を見せられると、明らかに気付いてしまう。

何故冬なのだろう。寒さで心や身体のバイオリズムが狂うのだろうか。私が、光の浮気に気付いていることを光は全く知らない。そこがまた彼のおめでたいところだ。バレバレなのに。

他の女たちは、自分が愛している男がたとえ肉体だけの関係でも浮気していることを知ったらどうするのだろうか。男を問いただすのか？　泣きわめいて相手を責めるのか？　携帯を見たりして相手の動向を探るのか？　それとも事実を知った時点できっぱりと別れるのか？　飛鳥は、

「私、テラケンがもし浮気したら、すぐさま別れる。絶対に許せないもん」

と常々言っている。

私は……、私はここ数年見て見ぬふりをしている。百パーセント確かな証拠がないのをいいことに、あえて知らん顔を通している。もしかしたら、「浮気」という概念に関して、私は他の女たちとは見解が明らかに違うのかもしれない。昔、性に奔放だった私は、光が浮気するたびに、あの頃ヤリマンだった自分の汚れが少しずつ拭き取られていきますように、などと、光の浮気を口実に、お門違いの懺悔を繰り返しているのかも……。

そんなんじゃダメだ。このままじゃいけない。浮気をしている光も、心の中でそれを見逃している私も無責任すぎる。久しぶりにじっくりと自分自身に向き合った私は、そう思

いながら、二本目の映画の途中で眠りに落ちていた。ソファーの上でそのまま朝まで眠ってしまった。

光

テラケンの家に居候してから二日が経った。

「光、悪《わり》ぃ。今日の夜、飛鳥が泊まりに来るって。俺は全然平気だけどさ、光、今飛鳥に会うの面倒だろ?」

テラケンが申し訳なさそうに言う。確かに面倒だ。事の顚末を飛鳥に話すのも、それを聞いて間違いなく飛鳥が幸の味方意見を言うのを聞くのも煩わしい。

「いきなり二日間も泊まって、マジ悪かったな。とりあえず今日はホテルに泊まるよ」

「俺んちはいつでも大丈夫だけどさ、でもお前、なるべく早く家に帰れよ。建設的じゃないっしょ、いつまでも家出してんの」

テラケンの言う通りである。とりあえず俺はかしこまった振りをして、

「長々とお世話になりました」

とテラケンの家を出た。そしてその足で、都内のホテルにチェックインした。

マンションを追い出されてから、何度も幸に電話しているが、あいつは出やしない。コールバックも一度もない。チクショー。

テラケンちにいる間は、コンビニでパンツだけは買って、他はテラケンのスーツや部屋着を借りていた。ホテル暮らしともなるとスーツを貸してくれる人がいるわけもなく、まずは街へ出て、会社に着て行ける適当な服を購入した。ＴＯＰ ＭＡＮやＨ＆Ｍに行けばオシャレなビジネススーツやシャツや靴やネクタイがびっくりするような安価で売っているし、マジで助かる。ビバ！　ファストファッションの進出!!

最近のホテルは、どこもメンズのアメニティーグッズまでもが充実していて、シャンプーも髭剃りも、化粧水ですら揃っているから便利だ。他の必要最低限のものもフロントに頼んだらすぐに持って来てくれる。俺はフロントに電話して早速ハサミを貸してもらい、今日買った数着の洋服のタグを全部切り落とし、部屋のクローゼットにズラリと並べた。

ちょっとワクワクしてきたぞ。久しぶりの買い物と久しぶりの一人暮らしを心の中で楽しんでしまっている。俺のこういうところがどうしようもないんだ。仕事に関してだけは本気で向き合うが、それ以外のどんな問題やアクシデントに対しても実直になれるのはほんの一瞬。すぐに問題点から目を逸らし、どうにでもなれと思ってしまう。反省はするが、その反省の時間が人よりも短い。悩みもするが、悩んでいることにすぐに飽きてしまう。こうやって一人になっても、自分自身と向き合わずに、すぐに何か楽しいことを探してしまう。

結局俺は、それから数日間ホテルに滞在し、ホテルから会社、会社からホテルの日々を送った。

ホテルのDVDギャラリーはTSUTAYA並みに映画を豊富に揃えていて、そこから何本もDVDを借り、何も考えずに夜な夜な映画鑑賞を楽しんだ。いつの時代にも名作が本当にたくさんある。現実逃避ができる上に、別世界の疑似体験を多種多様にさせてくれるなんて、そりゃあ今も昔も映画ファンが減らないわけだ。

映画を観ていないときはテレビゲームで遊んだ。昔は寝る間も惜しんで暇さえあればゲームに没頭していたものだが、幸と暮らし始めてからなんとなくゲームをする回数も減っていた。会社のない日には、ルームサービスや近所のコンビニで食料を調達し、ホテルにこもったままダラダラと一日中ゲームをしていた。

着るものにも食べるものにも不自由しないホテル暮らしだが、何日もそこで生活をしているとさすがに出費がかさむ。「そろそろ幸と元通りになることを真剣に考えないとな。でもアイツ、電話に全然出ないもんな。突然勝手に帰るのもちょっと違うよな」なんて思いながらもゲームのリモコンを必死に連打している俺、どうなんだ?

酷使した目と指を休めるためにゲームを一時停止し、目をつむってベッドの上に大の字になり、ああ、セックスしてぇな、風俗でも行こうかな……なんて性懲りもなく思っていた矢先、携帯電話が光った。まさかの幸からだった。何日ぶりだろう。少なくとも一週間以上ぶりの幸からの連絡だった。

「もしもし?」

妙にドキドキしながら電話に出ると、

「明日、テラケンと飛鳥が来るって。なんか話があるみたい」

幸は連絡をとっていなかったことには全く触れず、「久しぶり」とかそういう挨拶もなく、ただいきなりそう言った。

「あっ、うん」

上手い言葉が見つからずオドオドしていると、

「夜八時くらいに来るって。じゃあね」

幸はそのまま電話を切った。


翌朝、ホテルをチェックアウトして、いつの間にか紙袋四つ分に増えてしまった洋服を両手に提げて会社へ行った。宿泊代とホテルの駐車料金が想像以上に高くて、かなりうしろめたい自己嫌悪に陥った。

仕事中も、今夜久しぶりに幸に再会するときにどんな顔をして何と言えばいいのかばかりを考えて、いつもより業務に集中できなかった。テラケンと飛鳥がうちに来る八時より前に帰宅するのが気まずかったので、無理やり残業を作り、七時半まで会社に残っていた。

午後八時ちょうどに車をマンションの駐車場に入れた。久しぶりに家の鍵を取り出し、オートロックを解除し、エレベーターで上に上がり、玄関を開けると、テラケンと飛鳥の靴が置いてあった。テラケンの靴は礼儀正しく揃えられていたが、飛鳥のブーツは乱雑に脱がれたままになっている。しかし、二人がすでに来ていることを知り、安堵のため息がこぼれた。いきなり一対一で幸に会うより、テラケンと飛鳥がいてくれた方が何倍も気が楽だ。

「ただいま」

いつもと同じ口調で言いながらリビングへ入ると、こっちに背を向けて並んで座っていたテラケンと飛鳥が同じタイミングで同じ振り向き方で俺を見た。それを見て、「ああ、こいつらホントに結婚するんだなぁ」と一瞬しみじみとした気持ちになった。

幸はキッチンで酒の用意をしている。

「私、今日遅かったから夕食にお寿司の出前を頼んだの。着替えて、そこに座ってて」

顎でテラケン達の方を指して言う幸。

「あっ、わかった」

久しぶりに会って交わした会話がこれだった。昨日もこんな感じだったって思うような拍子抜けした再会。ちょっとだけ緊張感がほぐれる。

幸に言われた通りに着替えて、手を洗い、テラケンと飛鳥の前に腰を下ろす。一瞬テラケンが俺に目配せをする。俺と幸が喧嘩して以来今日初めて会うことをテラケンだけは知っている。テラケンは、家を追い出されてホテル暮らしをしていた俺が、帰って来やすいように、わざと今夜飛鳥を連れてここに来てくれたのかもしれない、いや、間違いなくそうだ。サンキュー、テラケン！

寿司が届き、ぎくしゃくした感じもないまま四人で寿司をつまむ。まずはテラケンが口を開いた。

「俺たちの結婚式なんだけどさ、当初の予定通り、簡単な式を挙げて、記念写真を撮って、そのあと食事するっていうシンプルな感じにするよ」

メンバーは両家の家族と幸だけだという。

「幸ちゃんは光の奥さんみたいなもんだし、どうせいつか結婚するんだろ？」

テラケンが何の前説もなくそんなことを切り出すから、俺は、

「う、うん」

アナゴの寿司を口の中に入れたまま、あやふやな返事をした。すると幸が、

「そうだね。きっとそういう流れになるね。私まで招待してもらって嬉しい」

さりげなくそう言って、テラケンと飛鳥に向かって微笑んだ。俺が呆気にとられている

と、今度は飛鳥が口を開く。

「本当はさあ、何もしたくないんだけどさ、テラケンの両親は『せめて式だけでも』って言うし、うちの両親は『記念写真くらい撮って、食事もしよう』なんて言うからさ。ママなんて私に泣いてそう頼むんだもん、親孝行だと思ってやることにした。今からうんざりするけど」

飛鳥以外の三人がうんうん頷く。飛鳥は俺を見て、

「ほら、私ってさ、小さい頃から誕生日とかひな祭りとかクリスマスとかのお祝いがすごく苦手だったじゃん?」

と続ける。そうだった。こいつは昔から、みんなで集まってパーティーめいたことをしたり、人前でケーキのキャンドルの火を吹き消したりすることを異様に嫌がる子供だった。いつかの誕生日、まだ飛鳥が小学校に上がる前、俺の母親が「ほら飛鳥ちゃん、ロウソクの火をフーッてやって!」とカメラを構えたら、首を横に振っていじけ泣きをしたのを思い出す。その飛鳥が、たとえ質素でも結婚式を挙げるって、かなりの覚悟が要ったはずだ。飛鳥も大人になってるんだな。俺もちゃんとしないとなんないなあ。あらかた食べ終えた寿司を片付けて、酒を作りながら感慨深くそう思っていると、

「そう言えばさ、今日わかったんだけどさ……」

心なしかみんなが優しい顔になって飛鳥を見つめた瞬間、我が妹が言った。

「私さ、妊娠してた」

一瞬の間、そして俺と幸とテラケン三人同時の「ええええええっ！」の雄叫び。一緒にビックリしてるってことはテラケンもたった今飛鳥の妊娠を知ったんだ。

「お前、なんでそんな大事なことを今、言うんだよ！」

冷静沈着なテラケンがうろたえながら飛鳥に詰め寄る。

「だって、今日の午後わかったんだもん。生理が遅れてるなぁと思って妊娠検査薬で調べたら陽性だったから、うちのサロンの近所にある産婦人科に行ったら妊娠してた。でもまだ二カ月だって」

「そんな大事なこと、とっとと報告しろよ。散々くっちゃべったあとに言うことじゃないだろうが！」

確実に腹を立てているが、どこかちょっと嬉しそうなテラケン。

「だってえ、結婚式の話をちゃんとして、ゴハン食べて落ち着いてから言った方がいいと思って」

心外そうにのんびりおっとり言う飛鳥。「妊娠」という人生の一大イベントにまるで動揺した様子がない。

さすが血が繋がっていると言うか、さすがＤＮＡと言うべきか、性格は違えど、こいつと俺とお袋には共通するおっとり感がある。それが親父をたまに苛立たせていることに、俺はともかく、飛鳥とお袋は全く気付いていない。どこか能天気なんだ、俺の家族は。

衝撃発言のあとも、

「あんまり飲まない方がいいよ」

と心配する俺たちをよそに、

「まだ二カ月だし、大丈夫だって」

いつもと同じペースで酒を飲む飛鳥。しまいには、

「ねえ幸ちゃん、タバコ一本ちょうだい」

なんて言い出しやがった。

「えっ、飛鳥、あんた妊娠してるんだからダメだって！」

間髪入れず幸が断る。

「大丈夫だよ。変にストレス溜めるより、いつも通りに生活した方がいいって産婦人科の先生が言ってたもん」

「だからってタバコはダメだろう？」

今度は俺とテラケンが口を揃えてそう言うと、

「だってさ、昨日までスパスパ吸ってたんだよ？　たった一本くらい平気だって。きっとさ、お腹が大きくなり始めたら自然と吸いたくなくなるんだって。私の知ってる元喫煙者

の経産婦、みんなそう言うもん」

飛鳥は無表情を崩さないまま、

「幸ちゃん、ほらベランダに行こう」

幸の腕を引っ張って、ベランダへと向かう。

「ちょっと待って。飛鳥、これ羽織って！」

幸は慌てて飛鳥にブランケットを羽織らせる。ベランダに出た飛鳥は大層旨そうにタバコをぷかぷか吹かしている。恐るべし我が妹！

飛鳥の妊娠を知ってから、まるで別人のように心ここに在らずであたふたうろうろしていたテラケンが、タバコを吸い終わってリビングに戻ってきた飛鳥に、

「飛鳥、もう帰ろう！」

飛鳥にコートを着せて、

「光、タクシー呼んで！」

テンパった口調で俺に言い、まだ酒を飲みたそうにしていた飛鳥を無理やり連れて帰ったのは、午前零時ちょうどだった。

これといった会話もないままテーブルを片付け、なんかやっぱり久々の二人っきりが気

まずかった俺は、

「先にシャワー浴びるわ」

と幸に言い、バスルームへ避難した。久しぶりの我が家のシャワーは水圧が俺好みの強さで、やっぱり家はいいなぁ〜なんて、所帯じみたことを思った。

シャワーを浴び終わって、リビングに戻ったら、ソファーに座っていた幸が、ゆっくり視線をテレビから俺に移し、まっすぐに俺を見つめて静かに言った。

「光さ、久しぶりに鍼やってあげる。相当悪いものが溜まってそうだから、時間をかけてじっくり鍼をやってあげる」


スッ、スッ、スッ。音もなく痛みもなく、俺の背中に鍼を刺していく幸。言葉は一言も発さない。怖ろしいほどの沈黙。何か話そうとするが何を話したらいいのかわからない。うつ伏せ状態で三十分、

「じゃあ、仰向けになって」

幸に促されたので、従順に身体の向きを変える俺。

まずは頭と顔に何本かの鍼を刺す幸。いまだに顔に鍼を刺されるときだけは少し構えてしまう。目を閉じて、されるがままに施術してもらっていたら、穏やかな口調で幸が、

「ねえ光。浮気してるでしょ?」

ひんやりと聞いてきた。なんとも単刀直入な聞き方。

「し、し、してないよ」

不意打ちを食らった俺は思わずつっかえつっかえになってしまう。顔に針が刺さっているからなおさら上手く発声できない。そのまましばらく幸は黙り込みながら、続いて俺の胸と腹にスッ、スッ、スッと鍼を刺していく。人生で一番くらいにおっかない沈黙。それを打ち破るように今度は、

「あのさ、毎年毎年冬になると光っておかしいよね。ギラギラするよね」

婉曲な表現ながら、責めるような口調で言う幸。暖房が効いているとはいえ、パンツ一丁で横になっている俺は、さっきまでちょっと寒いくらいに思っていたのに、急にじんわり汗が滲んできてしまう。

「そんなことないって。気のせいだって。俺、冬が一番好きな季節だって幸も知ってるだろ？　だから冬が来るとなんか気分がアガるんだって。別にギラギラはしてないって」

我ながらちょっと上手い言い訳だと思いながら言い終えるが、幸はノーリアクションのまま、今度は俺の足に鍼を入れていく。痛みはないが、恐怖で心臓がバクバク言う。

「私さ、光がいなくても全然生きていける気がするんだけどさ、でも、一生光に会えなくなると思うとかなり辛いの。嫉妬心とかあんまり持ち合わせてないけどさ、光が私以外の人と一緒に暮らすのとかを想像すると、モヤモヤしちゃうんだよね。光が一生のパート

ナーなんだろうなぁって思って今まで付き合ってきたし、今もそれは確信してるの」

怖いのか嬉しいのか判断できない。

「うん……、うん」

うんとしか言えない俺。

「何様っぽいけどさ、光はこの先私より性格が合ってしっくりくる女に出会えないと思うよ。私さ、人に吹聴すると幸せって薄れるような気がするからあんまり言わないけど、でも、光といるとかなり幸せなんだよね」

ちょっと驚いた。昔から「言わない美学」みたいなものを持っている幸があえて自分の幸せを口に出している。つーか、すげえ嬉しい。

「俺だって幸より大事に思える女なんて一生出てこないってわかってるって。俺の方こそ幸が一番だって確信してるって。この数日、離れて暮らしてたけど、別れることなんて脳裏をかすめもしなかったもん。俺に残された人生、ずっと幸と一緒にいるんだろうなってマジで思うし」

顔に鍼が刺さったままだったから、口をあまり動かさずにそれだけを言った。もちろん本心だ。普段飄々としている俺にしては、かなり熱いことを言ったつもりだったが、幸はまたまた無反応のまま、いきなりずるりと俺のパンツを下げ、

「こんなに長く付き合ってるとさ、普通男って同じ女を抱くことに飽きてさ、そっから

セックスレスになったりするじゃん。でもさ、光は昔も今もずーっと私を求め続けてくれてるしさ、私も光とするセックスが大好きだしさ、私たちそういう意味でも相性いいと思うんだよね」

ちょっと語気を強めながら、へそ回りと下腹部に鍼をサッ、サッ、サッと刺し始める幸。うっ、マジ怖い。これは制裁か、それとも牽制か？　身体は固くなり、性器は無様に縮こまってやがる。このままＥＤになったらどうしてくれるんだ!?

「マジで性格も身体も心も、幸ほど相性のいい女なんてこの世にいないって！」

汗だくになりながら思いっきり声を出す。口元に刺さっている鍼がブルンブルン揺れる。

「本当にそう思ってるの？」

「思ってる。マジで思ってる」

「だったら、もっとちゃんと私を大事にしてよね。この先は」

「この先も」ではなく、「この先は」と強く言い、俺の股間すれすれ、性器ギリギリのところに鍼を立てる幸。すさまじく怖い。失禁しそうに怖い。以前テレビで観た、首をはねられて身体だけになった鶏が、息絶えるまで羽根をバタバタやっていた姿を思い出してしまう。やっぱ、女ってのは強くて怖いんだ。瀬戸際になると男よりも女の方がずっと肝が据わってるんだ。絶叫しそうになりながらも、

「幸！　わかってる！　結婚しよう！」

仰向けで汗だくで全身に鍼を刺しながら、さしずめ追いつめられたハリネズミみたいな状態で、俺は人生で初めてのプロポーズをしていた。

リク

オペラの定休日。久しぶりに我が家で桃子さんと向かい合って夕食をとり、僕の高校卒業後の進路について、初めて真剣に桃子さんと話した。僕が高校二年生になったくらいから桃子さんは、

「私、リクの学費ちゃんと貯金してあるからね。リクが大学に行きたかったら全然応援するから。もしも大学受験に失敗して浪人することになっても、一年くらいだったら平気だからちゃんと自分の進路を決めてね」

そう言ってくれていた。

実は、自分の進路について全く何も考えていないわけじゃなかった。僕は決して勉強が好きじゃないし、大学に進学して学びたいこともない。いろんな大学に本格的に活動して

いるダンスサークルがあることは知っているが、そこで踊る自分はなんかしっくりこない。そもそも今の僕の成績じゃ間違いなく受かる大学はないし、桃子さんに頼って浪人してまで大学に行く気もない。かと言って、普通に仕事を始めてそのままダンスから徐々にフェードアウトしていっちゃうのだけは絶対に嫌だった。ここでいつもの考えが頭に浮かびあがる。それがどんなにわがままで無謀なことかわかってる。でも、今日は、今日こそはそれを桃子さんに言おうと意を決する。

「あのさ、桃子さん……。ロスのさ、一郎伯父さんなんだけどさ……」

次の言葉を探すと、その前に桃子さんが、

「絶対にそうだと思った！　リク、ロスに行きたいんでしょ？」

先に言いだした。

「えっ、なんで？」

「何年、親子をやってきたと思ってんのよ。絶対に大学進学でも就職でもない何かをやりたいんだと思ってたわよ。受験勉強する気配もないし、就職活動をしてる様子もないし、でもリクの性格からして絶対に何かやりたいことがあるんだと思ってた。あんた、何も目標を立てずにダラダラできる性格じゃないもん」

僕と桃子さんは、十八年間親子をやってきた。生まれてからずっと一緒だった。僕の考えはすっかり見透かされていたってわけだ。

「三カ月前にロスに行ったとき、一郎伯父さんと初めていろいろ話してさ、僕がクランプとか『ＲＩＺＥ』の話ばっかりしてるから、『そんなに好きだったらロスに来てダンスの修業すればいいよ、リク』って言ってくれたんだ、一郎伯父さん」

無言でうなずいて、話の続きを促す桃子さん。

「でさ、一郎伯父さん、ずっと一緒に暮らしてた恋人と別れたらしくてさ、ベッドルームが三つもある広い家に一人で暮らしてるんだよ」

「うん、それは一郎伯父さんに聞いてる」

「しかも僕がロスに行ったら、仕事はいくらでもあるって。庭師の仕事ってすごいいろんな雑用があるから、そういうのやってくれって。生活の心配は絶対にさせないって。しかも僕がロスに住んだら楽しくなるって言ってくれてたんだ。僕さ、やっぱダンス以外に夢中になれるものないし、どうしても踊ることを仕事にしたいんだ。だからさ、クランプの本場で働きながらダンスの修業をしたい。そんな甘いもんじゃないって重々わかってるけどさ、でもロスに行きたい！」

最後に一番の本音を言った。

「私、もうすぐ四十だから、最近ものすごく老いを感じるのよ。老いに負けないように頑張ってるのよ。だから、やる気のない若者とか若さを無駄にして生きてる子を見ると無性に腹が立つようになってるの。でも、リクははっきりとやりたいことがあって、夢を追いかけにロスに行きたいんだよね？　なんとなく行きたいんじゃないんだよね？　小さな世界じゃなくて大きな世界に行きたいんだよね？」

「うん。実は昔からずっと考えてた。で、一郎伯父さんに会って、東京に戻ってきてから、ロスでダンスを学びたいって気持ちが日に日に強くなってたし、すごく現実っぽくなってきたんだ」

本場のダンスは僕を圧倒した。自分の不甲斐なさをこれでもかって言うくらい目の当たりに見せつけられた。だからこそ、僕はロスに行きたいんだ。リベンジなんて大げさなもんじゃないけど、もっともっとダンスを知りたい、もっともっとダンスが上手くなりたい。

「桃子さん！　僕、絶対に返すから、飛行機代だけ貸してください。ロスに行く前も行ってからも絶対にバイトしまくって生活費は自分で何とかするから」

しばしの無言のあと、桃子さんはゆっくり話し始めた。

「母子家庭のわりにリクはかなりまっすぐ育ってくれたからね。私、リクしか育てたことないけど、リクって他の子より何倍も育てやすい子だったんだと思う。健康優良児だったし、わがままも全然言わない子だったし。だから私はリクのその夢を応援するよ。とりあえず最初の一年はお金の心配はしなくていい。大学に行かせると思ったら安いくらいだもん。向こうでダンスの学校に通いなよ。私、本当にリクが思ってるよりずーっと貯め込んでるんだから」

「絶対に返すよ。学費も何もかも絶対に返す」

そしていつかは桃子さんに家を買ってあげたい。口には出さずに心で誓った。でっかい夢だ。こうやって新しい夢が一つずつ増えていくんだ。

「鳥のウミネコってさ、雛が巣立つといきなり一切子育てをしなくなるんだって。だからうちもウミネコ式でいく。リクがロスから帰ってきたら自分のことは全部自分でやってもらうし、私は一切援助しない。帰国したら気持ち悪いくらい親孝行と恩返ししてもらうから。ああ、でも、リクが海外に行っちゃうのは片腕をもがれるくらい淋しいなぁ」

そう、そこだ。僕が一番心配しているのはそこなんだ。僕は若いし男だし、一人だって全然平気だ。ロスに行ったら一郎伯父さんもいる。でも、桃子さんは僕が行ってしまったら一人きりになる。

「桃子さん、一人になっちゃうもんね」

思わずそう口に出すと、

「大丈夫！　私ね素敵な彼氏がいるもん。優しいし、お金持ちなの。しかも、他の場所ならともかく、リクが行くの私のお兄さんのとこだよ。あの人、子供を持ったことがないからリクと疑似親子体験をしたいんだね、きっと。リクが向こうへ行ったら、私もリクとお兄さんに会いにロスに遊びに行くから、ちょっと楽しみでもある」

母は強し！　とばかり、桃子さんは笑った。

僕が生まれてからずっと母一人子一人で暮らしてきたから、僕と桃子さんは知らず知らずに他人が絶対に入り込めない聖域みたいなものを築きあげてきた。「大丈夫」と言ってはいるけれど、間違いなく淋しくなるはずだ。そもそも、離れて別々に暮らすことにお互いすごい違和感を感じるだろう。僕の渡米が一年になるか、はたまたそれ以上になるか今は見当もつかないが、それでも気持ちよく僕を送り出してくれようとしている桃子さん。この人が僕の母親で本当によかった。

幸さんとラ・ブレアで話して以来、光さんにも幸さんにも会っていない。メールはしているが、師走だから二人ともすごく忙しそうだし、僕は僕で失恋のショックからまだ完全には立ち直れていない気がする。あの二人に笑顔で堂々と会うには、もう少しだけ時間が必要な気がするんだ。

ただし、ロスアンジェルスに行くことを完全に決めた僕は、光さんにも幸さんにも早めにそのことを報告するべきだと思う。すでにあの二人とは、「会えなくなるけどお元気で」なんて簡単に言って済む間柄ではなくなっている。友達や仲間よりずっと親しくて特別な存在。桃子さんもそうだが、光さんと幸さんとも頻繁に会えなくなると思うと、僕の胸はギュウウンと軋む。大きな目標を掲げてそんなことを言ってる場合ではないし、夢を叶えるためには何かを我慢したり犠牲にしたりしなくちゃならないってわかってる。しかも僕は、幸さんに手痛い失恋をしたばかりだ。ロスに行ったら楽に忘れられるじゃないか。そう思い込もうとしても、光さんと幸さんの顔を思い浮かべると、離れて暮らすのが淋しくて淋しくて仕方ない気持ちになる。こんな短期間にとてもたくさんのことを教えてくれて、今まで味わったことのないことを経験させてくれたとても大切な人たち。きちんと報告しなくてはならない、しかも早急に。

久しぶりにダンススクールのレッスンを受けに来た。どうにもこうにも気分転換をしたかったのと、そして、昔から僕を可愛がってくれている多田《ただ》先生に会っていろいろ聞きたくなったからだ。

多田先生は、ロスアンジェルスのダンススクールに特待生として留学していた経験があり、その後アメリカでいろんなアーティストのバックダンサーとして何年間も踊っていた。三十代になってから帰国して、この学校の先生になったんだ。

僕が小学校高学年の頃、初めてこのダンススクールに来たときから僕にダンスを教えてくれていた人。初対面で開口一番「クランプを教えてほしいんです！」と生意気にも言った僕に、クランプの基礎を教えてくれたのも、「リク、ダンスの才能あるよ」って僕をますますダンスに夢中にさせてくれたのも多田先生だ。紛れもなく僕のダンスの一番の師匠はこの人だ。

「リク、高校卒業したらどうすんの？　大学行くの？」

久しぶりに一緒に踊ったあと、僕が話を切り出す前に、先生の方からそう聞いてきた。

「僕、伯父さんがロスに住んでるんで、向こうで働きながらダンスの勉強をしてこようと思うんです。この間初めてロスに行ったときに見た大会の残像がいつまでも消えなくて」

多田先生には、三カ月前にクランプの世界大会を本場で観たときに自分がいかにうちひしがれたか、帰国後すぐに電話で伝えてあった。

「アメリカ人、特に黒人はダンスのレベルが高いからなぁ。最初は衝撃を受けるよな。でも、リクがロスに行くっていうの、お母さん反対してないの？」

「この間、僕の進路について初めて家族会議みたいなことして、母親も賛成してくれました。向こうに住んでる伯父さんって、母親のお兄さんだから、それがかなり不安材料を取り除いてくれたみたいで」

「なら、何にも問題ないじゃないか。リクの歳で本場のダンスを学んだら、絶対上達するよ。俺は絶対に行くべきだと思う」

「それはもう完全に決めたんです。絶対に行くって。で、多田先生って昔向こうに住んでたから、いろいろ教えてもらおうと思って今日来たんです」

それから、ダンススタジオの外に出て、休憩室で多田先生のロスでの経験談を二時間以上も聞き、改めて多田先生のダンス人生に感心すると共に、僕の胸は闘志と期待ではち切れそうに膨らんだ。

「いくつかロスのダンススタジオを紹介するからそこに通えよ。だいたい一レッスン、二十ドルから三十ドルくらいで、信じられないくらい有意義なレッスンが山ほどあるから、できるだけいろんなレッスンを受けてみたらいい。伯父さんの仕事頑張って手伝って、ダンスレッスン代を稼げよ。俺もバイトしまくって、バイト代ほとんどレッスン料に使ってたよ」

「ありがとうございます。心強いです」

「昔の知り合いが今でも現役で先生をやってるから、連絡しておくよ。みんな有名アーティストの振り付け師をやってたり、何人もプロのダンサーを育てたりしてるから、絶対に刺激を貰えるし、バックダンサーオーディションとかもガンガン紹介してくれると思う。俺、ロスに住んでるとき一体いくつオーディションを受けたかわかんないくらい受けたよ。辛酸《しんさん》を嘗《な》めまくって悔しい思いをしまくって、初めてオーディションに受かったときホント死ぬほど嬉しかった」

ああ。ヤバい。ワクワクしてきた。外国人の中で踊っている自分をちょっと想像しただけで鼻血が出そうなくらい興奮する。

「リクさ、とりあえず最低でも一年は行った方がいい。最初はさ、言葉も通じないし、ダンスのレベルの差に愕然としたりするけど、言葉もダンスもだんだん上達するから」

「はい、そのつもりです」

「向こうのダンサーってさ、基本フレンドリーだから最初はみんなすげえ優しいんだけどさ、こっちの実力がついてくると、急にライバル心をむき出しにしてきていきなり距離ができたりするんだよ。ダンスが上達するに連れて、先生も人が変わったみたいに厳しくなったりするんだ。でも、絶対にそこで挫折するなよ」

「そうなんですね。でも、全力で頑張ります。絶対に自分の存在理由と居場所見つけてのし上がってみせます!」

クランプ発祥の地、ロスアンジェルスに挑んでやるんだ。今まで経験したことのない悔しさを味わった街でダンスをとことん学べるなんて、こんなに有意義で燃えることはない。

メラメラとしすぎて、思わず黙り込んだ僕に、

「あとさ、リク。お前、あんなに小さい頃からクランプやってるんだからさ、尻ごみしないでガンガンのし上がれよ。マジで才能あるから」

「はい! 絶対に多田先生みたいになります。世界が認めてくれるようなダンサーになります! 周りのダンサーたちに『リク、ＢＵＣＫ!』って言わせてみせます」

ＢＵＣＫとは、クランパー用語で、「ハチキレてる」とか「ヤバい動きをしてる」ってときに使う単語だ。

「うん。言霊《ことだま》ってすごい力を持ってるからさ、ロスに行ってもそう言い続けて、絶対に負けない精神で胸を張って頑張ってこい！」

痛すぎるくらいにバシッと僕の背中を叩いてそう言った。多田先生の言葉はどんなにお金を出したって買えないくらいの勇気を改めて僕に与えてくれた。

高校を卒業したら、僕の人生の第二章が始まる。今は期待だけを大きく膨らませて、海の向こうでの生活を心待ちにしていよう！　ぜってえ負けねえ‼


♪もうすぐ今年が終わる～　冬物語～

なんて歌詞の曲が街に流れている。それを聞きながら、ホントにもうすぐ今年が終わっちゃうんだなあと感慨深くなる。僕の隣を歩きながらその曲を口ずさんでいる真友良が、

「今年が終わるまであと一カ月もないんだねえ」

これまた独り言みたいにしみじみ言う。

クリスマスのデコレーションやイルミネーションが、これでもかってくらい十二月の華やかさを演出している。

光さんから僕と真友良にメールが来て、

『いろいろ話したいことがあるから久しぶりに俺んちで鍋でもしない?』

と誘われたので、あのグチャグチャな一夜、僕の失恋前夜以来初めて、光さんの家に行くことになった。内心、なんでまた真友良も……と思ったが、今回も真友良がいてくれた方が何かと気まずさが軽減されるよなと思い直す。

光さんに「僕が幸さんを貰っちゃいます」なんてクソ恥ずかしい捨て台詞を残し、そのまま幸さんにとんちんかんな告白をし、翌日すぐに撃沈した僕。あれっきり二人に会えていなかった。今でもあのやっちまった感を思い出すと、穴があったら入りたい衝動が押し寄せてくるが、それでも今の僕は昨日までの僕とは違う。なんてったって、壮大な野望を全身全霊で抱いているんだ。


光さんは「久しぶり!」と、幸さんは「いらっしゃい!」と、以前と変わらぬ様子で僕らを迎え入れてくれた。無理してる様子も戸惑ってる様子も皆無で、本当に嬉しそうな二人の笑顔を見て、僕の顔も自然とほころんでしまう。

「ほらほら、入って」

光さんがリビングまで僕らの背中を押した。僕らが着席すると、光さんと幸さんは仲むつまじく鍋の支度をしている。

何故だろう、今までで一番二人が仲良く、なんならイチャイチャしているように見える。以前はもっとバラバラな態度や行動だった二人が、今夜は一心同体みたいになっている。

食欲をくすぐる匂いの海鮮鍋の準備ができ、大人二人はビールのグラスを、未成年二人はコーラのグラスを掲げて乾杯した。海鮮鍋にどどーんと蟹が入っていたので、それをほじほじしながら次第に四人とも無口になる。蟹はダメだ、マジで夢中になりすぎて、言葉を忘れてしまう。最初に沈黙を破ったのは光さんだった。

「ちょっとさ、報告があるんだ」

僕と真友良が思わず蟹をほじくる手を止めると、

「あっ、そのまま食べながら聞いてよ。あんまりジッと見つめられるとなんか照れるからさ」

光さんは言って、ビールをクーッと飲み干し、フーッと一呼吸置いた。僕と真友良は再び蟹の身をほじくりながら光さんの言葉を待つ。

「あのさ、わざわざ未成年二人を呼び出して、ホントつまんない報告で申し訳ないんだけど」

光さんが話し始めると、

「ちょっと！　全然つまんない報告じゃないから！」

と幸さんが突っ込む。それから光さんはかなり照れた感じで、僕と真友良を交互に見て、

「俺と幸、来年結婚することになりました！」

と宣言した。

うっ！　どうリアクションすればいいんだろう。いきなり頭がこんがらがる。幸さんが結婚する。それは僕にとってものすごくショックな話だ。けれど、相手は光さん。それは本当に心底喜ばしいことだ。

もともと、僕と光さんが飛行機の中で偶然隣り合わせて、そこから始まった不思議な三角の人間関係（真友良はエキストラみたいなもんだからこの三角の中には絶対に入れない。真友良がどう自己主張しても四角にはならない！）。

ダンスに夢中になること以外、なんとなく過ぎ去っていた平凡な日々の中で、色を持っていなかった花が赤く咲いたみたいに僕に訪れた素敵な出会い。光さんと幸さんは、僕の日常を以前よりずっと楽しいものにしてくれた。その二人が結婚するなんて、嬉しくないわけがない。嬉しくなくはないけど、幸さんが花嫁になるのを想像すると……、ああああ、今まで感じたことのない想いが頭の中でグルグルグルグルと駆け巡っている。顔がこわばったまま言葉を発せずにいると、

「きゃあああっ！　おめでとうございます！　なんか私、すっごく嬉しいです！」

耳元で真友良の甲高い声が響く。真友良が飛び上がらんばかりに本気の本気で嬉しそうな声を出したので、思わずつられて僕も、

「おめでとうございます」

そう言うしかなかった。

「いやー、いろいろあったけどさ、つーかあったのかないろいろ？　まー、とにかく俺には幸しかいないからさ、幸に愛想尽かされる前にちゃんと籍を入れようと思ってさ。なんか、リクと真友良ちゃんにこんなこと言うの照れるなぁ。テラケンと飛鳥に報告したときとは大違いだなぁ」

光さんは本当に照れくさそうにしながらビールをクイクイ飲んだ。

「うん、こんな若い二人にかしこまって結婚報告するの、なんか恥ずかしくなっちゃうね。今までよりもずーっと幸せにしてくれるって言うから、結婚するよ私たち」

何故か、まっすぐに僕だけを見て微笑みながら言った幸さん。

あの夜以降、きっと二人でいろんなことを話し合って、お互いに心から納得してこれからも二人でいるって決めたんだろうなあ。大人の決断って逃げ道がなくてすごい勇気と覚悟が必要なはずだ。それでも光さんも幸さんも決意したんだな。実は僕はまだ例の渋谷事件のことが気がかりだったが、大きな山をいくつも越えたような二人の凛とした笑顔を見ていたら、渋谷事件のことなんて今となってはどうでもいいことなのかもなぁと感じた。

そして、今度こそ本当に二人の結婚を心から祝福できた。たかだか十八歳の僕の恋心の何百倍も光さんの幸さんへの愛は深いんだ。サヨナラ、僕の恋。サヨナラ、僕の本当の初恋。

鍋がほとんど空になりそうな頃になると、僕らは以前とまったく同じ雰囲気で、和気あいあいと話に花を咲かせた。真友良が必要以上に出しゃばって僕が内心腹を立てるって構図も相変わらず健在だった。

終始照れくさそうだった光さんは、お酒が進むに連れだんだんとリラックスしたようで、

「結婚しても以前と何も変わらないから安心しろ」

「結婚しても遊びに来い」

「幸には仕事を辞めてほしくないからリクと真友良ちゃんにベビーシッターになってもらう日が来るかもな」

などと、結婚後のことについて楽しそうに語り始めた。

そろそろ口火を切らないとなぁ。僕はすっかり炭酸が抜けたコーラをごくりと飲み、居住まいを正し、小さな声で、

「あのー」

と言った。光さんも幸さんも真友良も微笑みを貼り付けたままの顔で、僕のことを見た。

「あのー、あのですね」

「何よ、リク。どうしたのよ?」

じれったい僕に真友良がしびれを切らす。なんか緊張するなぁ。僕、顔が引きつってる

よなぁなんて思いながら、

「来年、桜が咲く頃、もしかしたら散る頃かな……つまり、高校を卒業したら僕……」

しどろもどろながら話し始めた。三人が三様に真剣な顔を僕に向ける。

「ずっと思ってたんですけど、僕、ロスアンジェルスに行くことに決めました。伯父さんの家に居候して働きながら、しばらくダンスの勉強と修業をしてきます。僕、やっぱり、もっともっとダンスを知りたいし、もっともっと上手くなりたいんです！」

僕がそう言うと、すぐには誰も何も言わなかったが、まずは最初に、

「そっかあ」

幸さんが呟いた。その呟きを受けるように、

「高校卒業してからって、あと三カ月くらいしかないじゃん。すぐじゃん。マジかよ。なんかヤダよ俺」

光さんが言った。

「でも、僕、決めたんです。絶対に行くんです」

「そうか、そうだよな。気持ちよく送りだしてあげないとなんないんだよな。だって、すごいチャンスだもんな。俺さ、常々思うんだけどさ、十代のうちに絶対にいろんな経験をした方がいいんだよ。なんてったって吸収力が違うからさ。十八歳で外国に行って、それもクランプの発祥の地で暮らせるなんて、リクにとったらでっかい夢への一歩を踏み出

すってことだもんな。それは応援しなきゃなんないよな」

光さんは空になった鍋を見つめながら自分に言い聞かせるように言っている。

「私だって元高校生だったからわかるけどさ、高校を卒業するって、自分がどんな大人になるかを決定づける大切な道の入口に立つってことだよね」

幸さんも僕の顔ではなく、空《くう》を見つめて言う。真友良はうなだれたままだ。

「リク、どのくらい向こうに行ってるの？」

光さんが顔を上げる。

「向こうに住んでみないとわからないけど、最低でも一年、もしかしたらそれよりずっと長く行ってるかもしれません」

僕がそう答えると、

「そんなに長くリクに会えなくなるなんて淋しいなぁ」

幸さんがポツリと言った。光さんも、

「ホントだなぁ、淋しいな。そんなに長くリクに会えなくなるの考えられないよ。俺たち、数カ月前に会ったばっかりだけど、どうにも淋しいよ」

すごく悲しそうに言った。

ヤバい、ヤバいぞ。グッと何かが込み上げてきちゃったぞ僕。泣いちゃいそうだぞ。早くなんか話さないと……。そう思っていたら、

「マジかー。マジかー」

と言いながら光さんが泣きだした。光さんが泣くと幸さんまでもが、

「なんか、なんかね」

と言いながらポロポロと涙を零した。

学園祭に来てくれた二人を踊りながら見たときに思ったが、この二人の涙は本当に僕の心をまっすぐに打つ。込み上げた感情をぶぅわああっと一気に放出するように正々堂々と泣く。大人としての羞恥心や面目をかなぐりすてて、泣くことは決して恥ずかしいことじゃないんだって言っているみたいな顔で澱みなく涙を流す。

今、再び二人の涙を見て、僕も思わずもらい泣きしてしまった。自分がロスへ行くことか、この二人に会えなくなるってことが理由ではなく、ただこの二人の優しすぎる涙にもらい泣きした。二人とも子供みたいに泣いている。人前であまり泣いたことのない僕も、涙の止め方がわからなくなってしまっていた。


突然、「おえっ、おええぇっ」という声がした。

隣に座ってさっきまでうつむいていた真友良が急に天井を見上げ、僕よりも光さんよりも幸さんよりも激しい声で、まるで「ジャージャー」という音が聞こえるがごとくの涙を流しながら泣いている。涙なのか鼻水なのかわかんないくらい顔面をびしょ濡れにしてい

る。僕も光さんも幸さんもその泣き方に思わず引いてしまい、呆気にとられて涙が引っ込んでしまった。すると今度は、

「ぎゃあああぁ！」

真友良がいきなり雄叫びをあげた。あまりにも苦痛に満ちた雄叫びだったので、

「ど、どうした？」

三人で声を揃えて聞くと、

「やだやだやだ、どうしようっ！　号泣したらコンタクトが涙と一緒に流れて飛び出しちゃったー！」

突然真友良は椅子から飛び降り、床に這いつくばってあたふたしながらコンタクトを探している。床に手を滑らせながら、それでも「おえっ、おえっ」と泣き続けている。気取り屋の真友良にしたらあり得ないくらい間抜けな姿だった。

それを見ていた光さんと幸さんは、「プッ」と吹き出し、そして堪え切れなくなって、今度は二人同時に大爆笑している。さっきまでのしんみりした空気から一変、今度は妙に面白おかしい空気が漂い、二人はさっきとは明らかに種類の異なった涙を流している。

光さんと幸さんの喜怒哀楽って、ものすごく正しい気がする。どんな感情にも嘘がなく、いい加減な感じがまるでしない。だからこの二人といるとこんなにも居心地がよくて、こんなにも素直になれるんだ。僕はこの二人といるときの自分が大好きだ。

今、この瞬間、少しだけ自分が大人になったようなそんな気がして、僕も二人と一緒に大きな声を出して高らかに笑った。

幸 〜エピローグ〜

一度も笑わない花嫁を初めて見た。

十二月某日、寺本家・北野家の結婚式が行われ、両家の家族と私だけの参列にもかかわらず、主役の花嫁である飛鳥は終始不貞腐れたような顔で儀式を遂行していた。白無垢姿の無愛想すぎる花嫁を見て、隣に立っている花婿テラケンも北野家の面々もハラハラしどおしだったが、私は、飛鳥ったら公の場で注目を浴びるのが相当嫌なんだなぁと思いながら、ついつい何度も笑いを嚙み殺してしまった。

式が終わり、テラケンと飛鳥は着物から私服に着替え、式場近くの料亭で全員で懐石料理をいただいたあと解散の運びとなり、両家の両親が、

「あとはお若い人たちだけでどうぞ」

と、まるでお見合いの席のようなことを言ったので、光、私そして新郎新婦は、オペラへ向かった。光は桃子さんに「少人数の二次会をオペラでやらせてください」と今日の予約を事前にお願いしていた。真冬だとは思えないくらい穏やかな日、なんだか最後の締めに一杯飲みたかったたし、このまま解散してしまうのは名残惜しかったので、先読みして予約をしていた光を「さすが！」と思った。

少人数の二次会にはリクと真友良も招待されていた。冬が終わったらリクは、私たちには見えない、けれどリクだけが見えるものがある新しい世界へと飛び込んで行く。背中を押して絶対に応援してあげなくちゃいけない。充分理解しているけれど、光も私も、リクがロスアンジェルスに行ってしまうことを日に日にじわじわと淋しく感じ始めている。渡米する三月末か四月の上旬まではなるべくたくさんリクに会って、なるべくいろんなことをしてあげたい。


オペラの古びた木製のドアを開け、カランコロン、ドアベルの音と同時に、

「いらっしゃいませーっ」

桃子さんの潑剌とした声が聞こえる。私たちが店内に入ると、

「待ってた、待ってたわよー！」

親しみを含んだ声で破顔一笑した。

カウンターにリクと真友良が真ん中の一席を空けて並んで座って、オペラ名物の『スパゲッティオペラポリタン』を食べていた。カウンターにもテーブル席にも他にお客さんの姿はない。

「テラケンくんと飛鳥ちゃんのお祝いの日だから今日は貸し切りにしちゃった‼　あっ、『本日貸切』のプレート出しとくの忘れてた」

桃子さんはプレートを持ってそそくさと外に出て、またすぐに戻ってきた。光の紹介で、テラケンも飛鳥もすでにオペラの常連になりつつある。

「桃子さん、大丈夫ですよ。僕たちだけなんだから、他のお客さんも入れてくださいよ」

テラケンが気にしてそう言うと、桃子さんは、

「いいの、いいの。その方がこの子たちも気が楽だから」

リクと真友良の方を見て言った。

実は、今日がリク＆真友良とテラケン＆飛鳥は初対面である。双方にいろんな話を聞かせていたから、初対面って感じはしないんだろうなぁと思っていたが、真友良はともかく、リクは妙に恥ずかしそうにもじもじしている。

「やだ、聞いていたよりずっと可愛い。真友良ちゃんは美人だし、リクくんはカッコイイし、すごいね！　しかもリクくん、桃子さんにそっくり！　将来が楽しみだなぁ」

ここに来る前までは仏頂面していた飛鳥が、急に顔を輝かせる。飛鳥は以前から「目の

保養になるから美少女とかカッコイイ男の子が大好き！　でもブスとかデブが大嫌い！」が口癖だ。はっきりしているのである。

「もう、飛鳥ちゃん、嬉しいこと言ってくれちゃって、ありがとう。みんな、今日はいっぱい飲んでってね」

桃子さんは私たちをテーブルに着かせた。

三つの小さなテーブルをくっつけて大きな席を作ってある。その上には「健介&飛鳥ハッピーウエディング!!」と書かれたメッセージカード付きの、白い花でまとめられたセンスのいい花籠が置いてあり、その隣には飴細工でできた新婚カップルの人形が載った豪華なケーキもある。

「桃子さん、ありがとうございます」

テラケンは嬉しそうに言い、

「恥ずかしい……。でも嬉しいです」

飛鳥にしては信じられないくらい常識人っぽく頭を下げた。

桃子さんはあらかじめ用意していた飲み物のセットと食べ物をテーブルに並べ、

「さあ、みんなシャンパングラスを持って！」

私たちにはシャンパンを、未成年の二人にはジンジャーエールを注ぎ、みんなに飲み物が行き渡ると、

「結婚おめでとーう‼」

高らかに揚々とグラスを合わせ、それを一気に飲み干した。ちょっとかしこまった感じになっていた空気があっという間に賑やかになり、私は、桃子さんって気配りの達人だわ、と感心してしまった。

大人の中に入り、ただでさえテラケンと飛鳥と面識のなかったリクは、すっかりその場に溶け込んでいる真友良とは違い、最初は子猫みたいによそよそしくみんなの輪に加わっていたが、次第に若者特有の柔軟さを見せ、まずはテラケンと、続いて飛鳥と少しずつ会話を交わしていった。桃子さんや光が、会話が弾むようにさりげなくも巧妙なパスを出していた。やがて大きな笑い声が増え始め、みんながみんな楽しそうにテーブルを囲んでいる。永遠に続いてほしいたまらなく素敵な時間。

妊婦の飛鳥は最初の一杯だけはシャンパンを飲み、そのあとはずっとソフトドリンクをちびちびやっている。懸念していたタバコも、

「案の定、いつの間にか吸いたくなくなった、匂いを嗅ぐのも嫌」

実はかなりのヘビースモーカーだったのに、人が変わったようにすっかり嫌煙家の仲間入りをしている。

私は一人で外に出て、タバコを吸った。冬の夜空の下で吸うタバコは格別においしい。冷えて澄んだ空気の中をまっすぐに煙が上って消えていくのを見ていたら、寒いのは嫌い

だけど、やっぱり私も他の季節より冬が好きだなぁと思う。決して光の影響ではなく、冬って自分がすごく研ぎ澄まされるような気持ちになって、心も身体もシャンとするからだ。逆に心や身体がぼんやりするのは本当に苦手だ。私は、顔の表情や身体がぼんやりした感じの人を見ると、お節介にも猛烈に鍼灸の施術をしたくなってしまう。これはきっと職業病なんだろうな。

タバコを吸い終え、オペラの店内に戻ると、

「僕、何にもお祝いできないから、せめてテラケンさんと飛鳥さんのために踊ります!」

お酒なんて一滴も飲んでいないのに、この場に酔ってしまったらしいリクが、頬を真っ赤に染めていきなり立ち上がった。一瞬キョロキョロと店内を見回し、テーブルがどかされて空いたスペースのところに行き、店内に流れていた有線の曲（聞いたこともない洋楽だった）に合わせて踊りだす。

学園祭のときに踊った曲よりもずっとテンポの緩い曲だったが、それでもまるで今までこの曲に合わせて練習していたかのように身体がしなやかに動く。足を広げ、意気揚々とした顔で両腕を振り上げながら小刻みかつ激しく踊るリク。ああ、もうすぐ遠いところへ旅立ってこの踊りに更に磨きをかけるんだなぁと、一瞬感傷的な気持ちになるが、それでもまた私はリクのダンスに悩殺されてしまう。リクが踊るところを初めて見たテラケンと

飛鳥も、始めこそ「イエーイ」だの「ヒュー」だの言っていたのに、次第に驚愕の表情でリクのダンスにくぎ付けになっている。曲が終わり、リクが静止すると、みんなが拍手喝采した。桃子さんだけが、

「この子、音楽が流れてると、すぐに踊りだしちゃうから」

と、苦笑いを浮かべながら有線の音源を止め、

「カラオケもできるからね。歌いたい人はジャンジャン歌ってね」

充電器に刺さっているマイクを指差した。しかし、誰もカラオケで歌いたがらなかったので（私たちはみんなカラオケＢＯＸ世代だ。カラオケスナックで歌うことに慣れていないのだ）、桃子さんは代わりに店の隅にあるテレビを点けた。長寿バラエティー番組が流れている。それを見た真友良が、

「あっ、もうこんな時間だ。私、門限が九時だからそろそろ失礼します」

コートを着始めた。

「ええっ、もう？　まだいればいいのに」

真友良の門限のことを知らなかったテラケンと飛鳥が引き止めようとすると、

「高校を卒業するまでは門限を絶対に守るってパパとの約束なんです。本当は私もまだまだ残りたいけど……」

そう言ってマフラーを巻き付け、

「テラケンさん、飛鳥さん、本当におめでとうございます。私、親戚じゃない人の結婚をお祝いするの人生で初めてです。すごく嬉しかったし幸せな気持ちになりました。絶対にまた一緒に遊んでください」

と頭を下げ、とっておきの美少女・真友良スマイルを炸裂させた。

「あっ、僕も誰かの結婚をお祝いするなんて初めてだ！」

リクも今気が付いたとばかり、嬉々としてテラケンと飛鳥を見た。テラケンと飛鳥は立ち上がり、

「本当にありがとう」

と、真友良に手を振った。

「駅まで送るよ」

今夜はそんなに酔っていない光が言うと、

「大丈夫です。まだ早い時間だし、ここから駅までは人通りも多いし、全然余裕です。それじゃあ、失礼します。じゃあ、リク、明日また学校でね。桃子さん、ごちそうさまでした」

最後はきちんと桃子さんにお礼を言った。

いまどきの女子高校生事情はよくわからないが、九時の門限をしっかり死守する真友良は立派だと思う。こんなに綺麗で、こんなにスタイルがすらりと良くて、その上、礼儀正

しく品行方正。おばさん心が顔を出し、「リク、いい加減この子の一途な想いに応えてあげなさいよ」なんて思う。知ってか知らずか、

「閉店ガラガラ〜」

と、訳のわからない言葉を真友良に投げかけたリクだった。

ああ、真友良。あなたの恋路はまだまだ前途多難だわ。あなたの気持ちに応えるどころか、きっとあなたの気持ちをちゃんと理解する前にリクは遠く離れた国へ行ってしまう。真友良の気持ちを察して、私は途方に暮れたような気分になった。


真友良が帰ったあと、飛鳥以外の大人たちは相も変わらずお酒を飲んでいる。昔から桃子さんのお店に出入りしているリクは、お酒の席にいても全く違和感なく大人たちの輪の中に入り、ソフトドリンクを飲んでいるのが不思議なくらい私たちにすっかり同化していた。

「今夜は全国各地の空でふたご座流星群が見えるでしょう」

不意にテレビからそう聞こえ、リクがテレビに駆け寄りヴォリュームを上げたので、会話を止め、みんなで画面に見入る。

澄まし顔のアナウンサーが、三大流星群の一つで毎年十二月の上旬から中旬にかけて観測されるふたご座流星群について流暢に説明する。しかも、今年のふたご座流星群を観測

できるピークは、今夜これからだと言う。

「ええっ！　流れ星ですよ！　流星群ですよ！　見ましょうよ！」

リクは一目散に外に飛び出した。

あまりにも祝い酒を飲まされて舟を漕いでいるテラケン、お腹に赤ちゃんがいる飛鳥、

「寒いから外に出るのは嫌」と断った桃子さん、三人を店に残して私と光も外に出た。呆けたような顔ですでに夜空を注視していたリクが、

「ああっ！」

夜の静寂をぶち壊すような大声を上げたので、私と光も空を見上げる。スーッと一筋の流れ星が見えた。

「見た？　今の見た⁉　あっ、また！　ほら向こうの空！」

今度は光ががなり立てる。オペラの周りにはあまり高いビルがなかったし、今夜は雲が少なく空気が冷えて空が澄みきっていたので、流れ星が東西南北の空にいくつも見えた。プラネタリウムみたいに面白いくらい星がシュルシュルと流れていく。一つ流れては大声を上げ、また一つ流れては狂喜する光とリク。まるで小学生の男の子が二人いるみたいだ。慌てて飛び出してきたから上着を着ていなかったリクは寒さのあまり鼻水を垂らしている。

それから数十分、ずっと空を見上げていたが、いつまでも星が流れているのが見える。こんなにたくさんの流星を見るのは初めてで、現実世界に存在していないような気持ちに

なる。

「あっ、そうだ！　流れ星って願いごとが叶うんだよ。流れてる間に自分の願いを三回唱えると叶うんだよ！」

大切なことを失念していたとばかり私がそう言うと、今度は光もリクもピタリと話すのを止め、黙ったままで空を見つめた。二人とも、そして私も、願いを声に出さずに空を仰ぐ。しばしの沈黙のあと、

「リク、絶対にいつか一緒にオーロラを見に行こうな。オーロラの迫力はこんなもんじゃないから。もっと間近に迫って圧倒させてくれるから、絶対にいつか一緒に見よう」

空を見上げたまま、不意に光が言葉に出した。

「はい」

リクも空を見上げたままでポツリと答えた。

夜空に流れ星。この神聖で厳粛な状況で、リクが旅立つことを思い出し、性懲りもなくまたまたせつなくて悲しくなってしまう私。ただ泣きたくなる。いつから私はこんなに涙脆くなったのだろう。少なくともリクに初めて会った日から今日までの間に、私の涙腺は確実に弱くなっている。桃子さんにもテラケンにも飛鳥にも申し訳ないが、今夜ここでこの三人で流星群を見上げたことを、私は一生忘れないと思った。

リクがアメリカへ行ってしまっても、二度とリクに会えなくなるわけではない。けれど、離れ離れになってしまったら、状況や関係性は明らかに変化するだろう。私も光も、桃子さんのようにリクとの長い長い歴史があるわけじゃないし、そもそもリクと共通の何かを持っているわけじゃない。それどころか、出会ってからまだ三カ月とちょっとの付き合いで、歴史とは呼べない「ちょっと濃密な思い出」が数えられる程度にあるだけだ。自信を持って、「絶対にいつまでも仲良く」なんてまだまだ言えない間柄だ。

この先、リクが海外に住んだら、自然と真友良は私たちのところに来なくなるだろう。なぜならそこにリクはもういないから。リクも、向こうでの生活が始まったら新しい世界に無我夢中になり、自分のことに精一杯で、私と光のことを思い出す回数が次第に減り、徐々に疎遠になるはずだ。少なくとも今みたいな付き合い方はできなくなる。時間と距離はどうしても人と人を隔ててしまう。死ぬまで続くような人間関係なんてそうそうあるもんじゃない。そう知ってしまっているくらい私はすでに大人だ。それでも私は、リクと出会えたことに感謝しているし、リクを失うのが心憂《こころう》い。

「ねえ、リク……」

名前を呼ぶと、リクはようやく空から視線を外し、

「はい」

とゆっくり私を見た。そして私はどうしても言っておきたい想いを口に出した。

「リクが帰ってくる場所って、もちろん桃子さんのいる家だけどさ、でもリクにはもう一カ所実家みたいな場所があるって思っててね。私も光もリクのお姉さんでもありお兄さんでもあり、歳の離れた友達でもあるんだから。歳も職業も性別も何にも関係なく奇跡みたいに出会って繋がったんだからね。会えなくなっても絶対に絶対に私たちのことを忘れないでね。お願いだから私と光のことをおぼえていてね」

話している途中で涙が零れ落ちそうだったから、誤魔化すために空を見上げた。リクも再び「はい」とだけ言って空を見上げる。光は光で、私たちの会話を聞きながらも一度も視線を空から逸らさなかった。

涙で夜空が滲んで流れ星はもう見えなくなっていたけれど、それでも私たち三人は冬の夜空を見上げ続けていた。

本書は書き下ろし作品です。

三角のオーロラ ～青い春～

Words by Masato Odake

あの頃　あなたは　静かな声で　僕を叱った
「自分を愛せない人は　他人など愛せない」と

無防備な若さを　削り取るように　生きてた僕には
傷付けている　自覚なんてないまま　あなたを傷付けた

たよりない足取りで夢を
懸命に　追いかけてるつもりだった
それが夢に追いかけられているって　知りもしなかったんだ
あなたが僕を振り返る瞬間《とき》
滲むものが悲しみだけではなくて
ほんの少しだけでいいから　優しい気持ちでいて欲しい

誰かを信じる　勇気も余裕も　無かった僕は
ひとりで過ごす淋しさを　孤独だと履き違えた

何一つ失くしていないのにいつも　何かを捜して
すぐ傍にある　大事な真実《もの》　見落とし　あなたに甘えてた

野放しの青い春に咲く
無邪気な花がいつか散っていくこと
もっと早く気付いていたら　あなたを困らせなかったのに
あんなにも眩しい微笑を
見たことなど一度もなかったから
あなただけを求めすぎてた　愛する真意《いみ》など解らずに
…今でもこの胸痛む人

小竹正人（おだけ・まさと）

作詞家
新潟県出身。3月10日生まれ。
カリフォルニア州立大学卒業。
作詞家としての作品提供は、小泉今日子、藤井フミヤ、中島美嘉、久保田利伸、E-girls、EXILEなどメジャーアーティストを中心に多数に及ぶ。また作詞曲『花火』（三代目 J Soul Brothers from EXILE TRIBE）が、レコチョク「2012年 最も泣けた曲ランキング」で1位を獲得している。著書は本書の他に『空に住む』（講談社）がある。

[CD]
Words: 小竹正人
Music: Seiji Omote
Arrangement: Yuta Nakano
Violin and Viola: Yuko Kajitani
Guitar: Tomoki Ihira
Additional Guitar: Ryota Akizuki
Mixed by Naoki Yamada (1 to 1) at avex studio azabu
Mastered by Yuka Koizumi (Orange Co.,Ltd.)

三《さん》角《かく》のオーロラ
EXILE《エグザイル》 TAKAHIRO《タカヒロ》 CD付き

2014年7月17日　第1刷発行

著　者　　小竹正人《おだけまさと》

発行者　　森 武文

発行所　　株式会社　講談社
〒112-8001
東京都文京区音羽2-12-21

印刷・製本　　図書印刷株式会社

[この本についてのお問い合わせ先]
電　話　　企画制作部　(03) 5395-3644
販売部　(03) 5395-3606
業務部　(03) 5395-3615

落丁本、乱丁本は、購入書店名を明記のうえ、小社業務部宛にお送りください。送料小社負担にてお取り替えいたします。なお、この本についてのお問い合わせは、企画制作部宛にお願いいたします。定価はカバーに表示してあります。

ISBN 978-4-06-219083-1